LE
CAPUCIN
DU
MARAIS.

HISTOIRE DE 1750.

PAR M. MORTONVAL.

1

PARIS

AMBROISE DUPONT, ÉDITEUR,
16, RUE VIVIENNE.

1833

LE CAPUCIN

DU

MARAIS.

IMPRIMERIE DE FÉLIX LOCQUIN,
Rue Notre-Dame-des-Victoires, n° 16.

LE
CAPUCIN
DU
MARAIS.

HISTOIRE DE 1750.

PAR M. MORTONVAL.

1

PARIS
AMBROISE DUPONT, ÉDITEUR,
16, RUE VIVIENNE.

1832

LE

CAPUCIN

DU MARAIS.

—

HISTOIRE DE 1750.

—

On s'étonna beaucoup dans Paris quand, à la rentrée du parlement, en 1750, je me décidai tout à coup à vendre à M. N.... ma charge de lieutenant-criminel, que j'avais achetée deux cent cin-

I.   1

quante mille livres l'année précédente.
Dans la force de l'âge, je pouvais fournir encore une longue et honorable carrière : j'étais chéri de tous les membres
de mon illustre compagnie, et ami intime de M. le premier président, cousin de ma femme, parrain de notre second fils. L'aîné, dont les succès à l'U-
niversité et l'esprit déjà remarquable
faisaient présager un homme distingué,
était appelé, par nos arrangemens de
famille, à me succéder dans cette émi-
nente dignité, en épousant une des filles
de M. le chancelier, mon parent ; et
moi, après dix ans de fonctions aussi
fructueuses, je devais être en mesure
de traiter d'une charge de président.

Ma retraite inopinée ruinait toutes

ces espérances ; et cela, sans motif ap-
parent ni raison plausible. On me fit la
guerre à ce sujet ; mes proches jetèrent
les hauts cris. J'objectai l'altération de
ma santé : elle paraissait florissante ; les
fatigues du métier : j'étais robuste ; mon
défaut d'aptitude : on me démentit nettement. Et, je dois le dire, pendant mon
année d'exercice au Châtelet, j'avais re-
cueilli des témoignages éclatans de l'ap-
probation du parlement, de l'estime
du barreau et de la faveur publique.
Aussi mes amis ne m'épargnèrent-ils
pas les reproches sévères : je trahissais,
disaient-ils, par indolence autant que
par une injuste méfiance de moi, les
devoirs de père, de citoyen, de loyal
sujet, en désertant un poste où je pou-

vais servir utilement les intérêts de mes enfans, du pays et du roi.

Pathos que tout cela ! Rien n'ébranla ma résolution : je quittai les affaires, et j'allai vivre à la campagne. Ni le pays, ni le roi, n'eurent à regretter mon absence d'un poste où, peu d'années après, M. de Sartines a déployé les talens supérieurs qui ont immortalisé son nom. Mes enfans, grâce à Dieu, n'ont pas eu davantage à se plaindre de moi. Voué tout entier à leur éducation, dans ma retraite philosophique, j'en ai fait des hommes vertueux et utiles : ils se sont élevés, par leur mérite, aux plus hauts rangs de la magistrature et de l'administration.

Ce n'est donc pas pour justifier un acte aussi peu condamnable ; ce n'est pas non plus pour le seul amusement des loisirs de mon déclin, que je livre à la publicité l'histoire singulière dont la catastrophe motiva ma résolution. Alors je ne pouvais en révéler la cause sans compromettre le nom d'une grande dame, et l'honneur de deux familles. Trente ans ont passé sur cet événement; ces gens-là sont tous morts depuis longtemps, et je tairai leurs véritables noms. Ce qui m'engage à parler d'eux aujourd'hui, le voici : Le règne de Louis XVI commence sous les plus heureux auspices; on dit que le jeune monarque, animé de l'amour du bien, sincèrement désireux du bonheur de la France, est accessible à toutes les idées d'amélioration. Il en est une qui fermente dans beaucoup de têtes, l'abolition de la peine capitale : question ardue, vivement controversée par deux partis également armés d'argumens spécieux, dont le choc laisse l'esprit dans un doute affligeant. Je ne sais comment elle sera résolue par le temps, ce grand maître ! En attendant, puisqu'il devient probable qu'elle pourra, de nos jours, occuper l'attention des conseils du souverain, je crois remplir un devoir en apportant le faible tribut de mes lumières pour l'instruction de ce grand procès. Je ne dirai pas que c'est un procès entre la civilisation et la barbarie ; ce n'est là qu'une phrase de rhéteur, et je n'en veux pas faire. Je laisse à ceux qui s'en mêlent le beau style et les brillantes déclamations. Je

dirai simplement les faits; si ce récit
émeut quelques cœurs semblables au
mien, s'il inspire des réflexions utiles,
c'est assez, mon but est rempli.

Je commence donc sans autre préam-
bule.

J'occupais au Marais, rue d'Anjou,
une maison à côté de celle qu'a depuis
habitée, M. Bertin, fermier des *parties
casuelles*, et où logeait alors une
dame de qualité. Veuve, mais jeune
encore, alliée à tout ce que le royaume avait de plus grandes familles, fière
de l'amitié de la feue reine, et prodi-
gieusement vaine de son haut lignage,
la duchesse de C. affectait un orgueil
ridicule avec ses égaux, intolérable
pour ceux qu'elle estimait ses infé-

rieurs. Les gens de robe, et leurs femmes surtout, lui paraissaient indignes d'être admis chez elle. La mienne n'aspirait point à cet honneur. Je n'étais que simple conseiller quand nous vînmes nous établir auprès de cet hôtel somptueux où régnaient l'opulence et le luxe : il n'y avait nulle parité entre notre modeste position et celle d'une si grande dame, aucun rapport de société. Nous nous abstînmes, comme de raison, de nous prévaloir du voisinage pour lui faire des avances, en retour desquelles nous avions à craindre de n'obtenir qu'un procédé désobligeant.

Cependant il arriva, dans le cours de l'hiver suivant, qu'un soir nous

soupâmes chez M. le chancelier avec la
duchesse, et que même nous fîmes sa
partie de reversi. En rentrant au
logis, ma femme me dit qu'elle la
trouvait fort aimable; et pourtant
madame de C. ne lui avait pas dit
un seul mot au-delà des plus étroites
exigences du jeu : j'en fis l'observation
à ma bonne Henriétte, qui ne prit
pas cette remarque comme j'aurais
voulu. Le dimanche suivant, un autre
hasard amena une seconde rencontre
de ces deux dames à la messe de midi,
aux Capucins de la rue d'Orléans : du
moins me fut-il assuré par Henriette
qu'elle s'était mise sans aucun dessein à
côté de la place accoutumée de madame de C. à l'église.

Quand la duchesse arriva, précédée
d'un valet-de-pied chargé d'un large
carreau de velours bordé de galons
d'or, et suivie d'un laquais qui portait la queue de sa robe, ma femme,
debout, le sourire sur les lèvres, chercha son regard, qu'elle rencontra froid
et dédaigneux, comme avant la partie
de reversi chez M. le chancelier. Henriette, fort surprise, suspendit une
légère révérence commencée, et s'assit.
Dans ce mouvement, un peu brusque,
sa pelisse s'étant entr'ouverte, un pan
de l'ample vêtement couvrit la chaise
de la duchesse. Le laquais s'empressa
de le rejeter d'un air méprisant sur ma
femme. Ce surcroît de mortification,
devant une foule de témoins, fut un

grand crève-cœur pour elle ; je le vis
à l'amertume de ses expressions, lors-
qu'au retour elle me raconta les détails
de cette scène.

Je m'en affligeai, car elle souffrait,
et je l'aimais de toute mon ame ; mais
il me fut impossible d'entrer dans
son ressentiment, la cause en était trop
futile. J'essayai de le lui démontrer ;
je ne parvins qu'à l'aigrir davantage.
Il fallait en finir, et j'étais bien aise
qu'elle tirât de cet incident une utile
leçon. Je lui dis donc, mais avec une
inflexion plus tendre : Peut-être , ma
chère amie, avez-vous à vous reprocher
d'être allée au-devant de ce léger chagrin, et je n'y verrais plus alors que le
juste châtiment d'un peu de vanité.

Malgré tant de ménagement, j'avais déchiré sa blessure jusqu'au vif ; la douleur lui arracha des paroles étranges, et qui me confondirent d'étonnement. « Moi ! s'écria-t-elle, moi ! je ferais vanité de mes rapports avec une pareille femme ! » Le reste du discours répondit à la véhémence de l'exorde : elle accusa madame de C. de désordres secrets, honteux ; et j'entendis avec un redoublement de surprise qu'il était question d'un commerce criminel, sacrilége, avec un jeune religieux du couvent de la rue d'Orléans, le père Timothée, célèbre par une beauté peu commune, non moins que par l'éloquence de ses prédications. Révolté, j'imposai durement silence à ma femme.; je lui reprochai cette déplorable faiblesse d'esprit, qui, sous l'influence de la colère, accueillait comme des vérités prouvées, de vagues rumeurs populaires, parce qu'elles flattaient sa passion du moment; je fis honte à ma femme du sentiment qui l'avait dégradée au point de ramasser dans la rue ces traits empoisonnés ; et je la suppliai de se défendre, comme d'un crime, de propager à l'avenir des calomnies parties de si bas.

En effet, la conduite de la duchesse de C. était irréprochable : elle ne recevait que des femmes vertueuses et des hommes respectables par leur âge et leurs hautes dignités; point de jeunes

gens, même des plus qualifiés. On
citait en exemple son austère dévotion:
elle voyait beaucoup d'ecclésiastiques,
des prélats surtout, et particulièrement
M. l'archevêque de Paris, cousin de
feu son mari.

Peu de temps après, nous allâmes
faire une visite à M. le chancelier. Il y
avait ce soir là beaucoup de monde : la
duchesse survint. Je ne sais comment
il se fit que ma femme eut l'occasion
de lui adresser quelques mots pleins
d'aigreur, au sujet de leur rencontre
dans l'église des Capucins du Marais ;
j'entendis seulement la réponse mo-
queuse et spirituelle de madame de C.,
qui rangea les rieurs de son côté. Henriette déconcertée, répliqua gauche-

ment. L'autre, de plus en plus auda-
cieuse, la railla en termes si fins et si
mordans à la fois, que ma pauvre
femme, inhabile à ce genre d'escrime,
et réduite au silence, était prête à
pleurer de dépit. J'intervins alors ; car
tout en blâmant Henriette quant au
fond de la querelle, je fus attendri de
sa douleur, et son adversaire abusait
trop cruellement de ses avantages.

Saisissant donc à mon tour l'arme
de l'ironie, je m'en servis si heureusement, qu'après trois ou quatre coups
frappés et ripostés avec une égale vi-
vacité, la victoire me demeura. Le salon tout entier devint attentif : je
combattais sous les yeux du chef de la
magistrature, pour l'honneur de la

robe, contre la fatuité présompteuse
des gens de cour. Placé sur un si bon
terrain, animé par les applaudisse-
ments universels, je poussai mon
triomphe aussi loin qu'il pouvait aller,
sans dépasser les bornes des plus sévères convenances. Pressée trop vivement, l'altière duchesse les franchit à
la fin, et recourut aux paroles amères
et hautaines. Cet excès l'acheva: elle
fut complètement ridicule. Dans cette
situation désespérée, perdant la tête,
elle eut le malheur de descendre jusqu'à l'injure, et se retira fièrement, en
accablant ma femme et moi de ses regards méprisans.

Précisément alors mon frère aîné
mourut, au moment où il allait être

pourvu de la charge de lieutenant-criminel. J'héritais de ses droits. La famille entière et tous nos amis se réu-
nirent pour vaincre la répugnance que
j'opposais à remplir cette place. Leurs
instances l'emportèrent: je continuai ,
en mon nom la poursuite de l'affaire.
Il n'y manquait plus que de légères
formalités. J'éprouvai pourtant des re-
tards inexplicables; je vis des obstacles
tout-à-fait imprévus s'élever à chaque
pas devant moi. On me parlait vague-
ment de M. l'archevêque, on m'engageait à le voir. M. le chancelier me demanda un jour avec intérêt si je ne con-
naissais personne qui me desservît auprès de la reine. Je remontai à la source
de ces bruits, et j'y trouvai, non sans

étonnement, la duchesse de C. Elle m'avait accusé d'irréligion à la cour et à l'archevêché. La reine était persuadée que j'étais un philosophe, un impie. Une fois connues, ces calomnies furent aisées à détruire : j'en démasquai publiquement l'auteur ; ce fut ma seule vengeance. Et presque aussitôt après, je fus installé dans ma charge avec la solennité et les honneurs accoutumés.

Dépitée du mauvais succès de sa honteuse intrigue, la duchesse déclara partout effrontément que c'était moi qui la calomniais par ressentiment de l'humiliation dont elle s'était vue forcée d'accabler ma femme, quand cette impertinente bourgeoise avait osé l'outrager chez M. le chancelier. Ré-

pandue dans le grand monde, fort
considérée à Versailles, elle accrédita
facilement ces mensonges. Il en ré-
sulta l'opinion générale que j'étais
l'ennemi personnel et acharné de la
duchesse de C., et par un motif dont
la petitesse me faisait rougir de honte.
On la plaignait; j'étais blâmé; je reçus à ce sujet des reproches d'autant
plus sensibles, qu'ils me venaient de
très haut. Ne pouvant m'en laver, je
les pris en patience; content du moins
d'être exempt de reproche à mes propres yeux.

Je me livrai donc tout entier à
l'exercice de mes nouvelles fonctions.
La capitale avait été, l'année précédente, fort occupée d'un nouveau

genre de crime qui jetait l'épouvante
dans les familles. Plusieurs personnes
recevaient des lettres anonymes, par
lesquelles on leur enjoignait de déposer, la nuit, à des lieux clairement
indiqués, des sommes parfois considé-
rables. Ils étaient menacés de mort
violente, s'ils n'obéissaient pas ponc-
tuellement à cet ordre. Le même sort
funeste, inévitable, devait les attein-
dre partout, tôt ou tard, si la justice
était instruite par eux du mystère de
ces lettres, ou s'ils osaient seulement
en parler à qui que ce fût au monde.

On peut juger combien, dans une
ville aussi causeuse que Paris, une
semblable nouveauté fit naître de discours et de récits exagérés. Bientôt

chaque quartier, chaque rue même
eut son assassin et sa victime ; la méfiance était dans tous les esprits. Au
milieu de cette agitation générale, il
arriva qu'un bourgeois appelé Dudoyer ayant eu le courage de dé-
noncer au Chatelet le fait d'une de ces
lettres à lui adressée, les archers-au-
guet le trouvèrent, une nuit, poi-
gnardé, dans la rue des Lombards,
non loin de son logis. La terreur fut
au comble. L'histoire de ce pauvre
homme circulait dans toutes les bou-
ches ; son nom s'attachait à tout, on
vit des jouets d'enfants, des bonnets,
des tabatières à la *Dudoyer*. On chanta
us, dans les carrefours, une
complainte lamentable, dont l'air fut

mis en contredanse et appelé *la Du-doyère*. Malgré tout cela , le meurtrier échappa aux recherches de la police. Il s'en fallait bien que les ressorts de cette administration fussent combinés et conduits à cette époque, aussi admi-rablement que nous l'avons vu depuis sous M. de Sartines, lequel, comme on sait, cumulait ces fonctions avec celles de lieutenant-criminel.

Quand j'entrai en exercice de cette charge, on ne parlait plus du tout de Dudoyer, ni des lettres anonymes. Mais quelques semaines après, un par-ticulier se présenta chez moi le soir, au moment où je revenais du Chatelet, et me fit prier de lui accorder une au-dience secrète pour une affaire urgente.

Je m'enfermai avec lui dans mon cabinet. Monsieur, me dit-il en me présentant une de ces lettres, on m'écrit de déposer demain, avant sept heures du soir, mille écus en or derrière le dixième arbre de l'allée du Cours-la-Reine, du côté du quai. Et je suis menacé d'être assassiné, comme Dudoyer, et de la même main, si je ne me conforme pas à cet ordre, ou si j'en donne avis à la justice.

— Avez-vous parlé de cette lettre à quelqu'un? lui demandai-je.

— A personne au monde, répondit-il. J'ai pris un fiacre à l'heure, en sortant du logis; et je suis allé voir un ami dont la maison a une porte de derrière, par laquelle je suis sorti tout de suite pour venir ici dans un autre fiacre ; j'y rentrerai tout-à-l'heure par la même issue pour reprendre ma première voiture, et retourner chez moi. Ainsi, je né crains pas qu'on me soupçonne de vous avoir fait mon rapport. Je suis votre voisin, M. le lieutenant-criminel : Nobé, ancien marchand drapier, retiré du commerce, et demeurant ici près, rue d'Orléans, en face de l'église des Capucins.

Je le considérais avec attention tandis qu'il parlait. Il me parut dans la force de l'âge, grand, fort et résolu. Ce qu'il venait de me dire témoignait en faveur de son intelligence. M. Nobé, lui dis-je, avez-vous mille écus en or chez vous ?

— Oui, monsieur.

— Et vous l'avez dit à quelqu'un?

— A une seule personne. Je l'ai dit à un ami d'enfance, nommé Pierre Brochot, fils d'un fermier du village où je suis né, et qui s'est engagé à vingt ans dans le régiment du Roi, cavalerie. Autrefois brigadier, il est maintenant valet-de-chambre du chevalier de Liray, son ancien capitaine. L'ayant rencontré ces jours passés, je lui demandai si son maître, qui va souvent à Versailles, n'avait pas entendu parler de la réduction des rentes de l'hôtel-de-ville, dont il court des bruits dans Paris. Pierre Brochot me répondit qu'en effet il en était question, et il me conseilla de ne pas faire de placemens de

cette espèce. C'est à cette occasion que
je lui parlai de ces mille écus en or.
Gardez votre somme, me dit-il, c'est
le plus sûr par le temps qui court; et ne
vous en défaites pas sans me prévenir :
je connais à Versailles de jeunes seigneurs qui s'en accommoderaient volontiers, en vous donnant de bonnes
sûretés. Les choses en sont demeurées là.

— Vous le soupçonnez donc de vous
avoir écrit la lettre anonyme ? deman-
dais-je à Nobé.

— Je ne sais qu'en dire, monsieur,
répliqua-t-il; la vérité est que je n'ai
parlé qu'à lui de cette somme prove-
nant d'un remboursement inattendu,
et dont ma femme elle-même ne sait
rien, non plus qu'aucune autre per-

sonne à Paris. Néanmoins, je dois vous déclarer que Pierre Brochot est le plus honnête et digne homme du monde; je le connais depuis quarante ans, et jamais il n'y a eu un mot à dire contre lui.

— Où demeure-t-il ?

— Rue d'Orléans, n. 16, à trois portes plus loin que ma maison, chez son maître, M. le chevalier de Liray.

— C'est bien, repris-je. Demain, avant sept heures, vous irez, seul, déposer votre or à l'endroit indiqué...

— Non pas, monsieur, interrompit-il.

— Avez-vous peur, M. Nobé ?

— Peur ! non, monsieur, mais je ne veux pas donner de gages à la justice...

— Qu'à cela ne tienne, lui dis-je, en

2.

tirant un rouleau de louis de mon secrétaire : ceci suffira pour l'objet que
je me propose. Me promettez-vous de
le déposer à l'heure dite au pied de
l'arbre désigné ?

— Oui, monsieur, j'en prends l'en-
gagement.

— Il suffit, M. Nobé ; je vous réponds de votre sûreté. A tout événement, venez demain, au retour de votre
expédition du Cours-la-Reine, me
trouver au greffe du Châtelet.

Quand Nobé se fut retiré, je demandai mes chevaux, et j'allai sur-le-champ
chez le lieutenant de police. Nous con-
certâmes ensemble nos mesures. Nobé,
dont tous les pas étaient suivis, déposa
l'or à six heures trois quarts, le lende-

main , à l'endroit indiqué. C'était à la
fin de novembre , et par une nuit fort
obscure. A sept heures précises , l'hor-
loge sonnant encore au château des Tui-
leries , une petite voiture, de celles vul-
gairement appelées *coucous*, s'arrêta devant le dixième arbre de l'avenue, sur le
quai ; un homme mit pied à terre, alla
s'accroupir auprès de cet arbre ; et fut
aussitôt entouré, saisi, et amené au Châtelet. Cet homme était Pierre Brochot,
valet-de-chambre du chevalier de Liray !

Nobé ne pouvait revenir de sa surprise, tant il avait d'estime pour Brochot , son ancien et honnête ami d'enfance. Monsieur , me dit-il , je viens
de le voir , de lui parler , et je ne puis

croire encore qu'il soit le coupable. Je
pensais seulement qu'une indiscrétion
de ce pauvre garçon pouvait avoir ré-
vélé le secret de mes mille écus à un
scélérat dont il était loin de soupçon-
ner les mauvais desseins ; car enfin
Pierre Brochot est un homme d'honneur, s'il en est sur la terre. Il faut
que de mauvais conseils l'aient égaré ;
et nous ne tenons pas le vrai criminel.

— S'il a des complices, répondis-je,
nous saurons bien le contraindre à les
révéler.

— Et en attendant, ils m'assassine-
ront comme Dudoyer, répliqua Nobé.

Je le rassurai complétement contre
cette crainte. En effet, une foule de
soldats du guet, déguisés, ainsi que

des sergens, le suivaient partout depuis la veille, à son insu, ayant continuellement les yeux ouverts sur lui et sur tout ce qui l'approchait. Secondés par d'habiles espions, ils y mettaient un soin si minutieux, qu'à sa grande surprise, je pus, d'après leurs rapports, raconter à Nobé ses moindres démarches, ses paroles, et jusqu'à ses gestes, pendant la journée entière. Enfin, je lui inspirai tant de confiance, qu'il me promit d'aller, le lendemain dimanche, souper, comme il en avait depuis long-temps l'habitude ces jours-là, chez un ami dont il me donna le nom et l'adresse.—Ne craignez rien pour votre sûreté, ajoutai-je; vous serez si bien surveillé, protégé, qu'à la moindre apparence d'hostilité contre vous, on se saisira de ceux qui s'en seraient rendus coupables, et nous pourrons ainsi nous emparer des complices de Pierre Brochot.

Nobé avait du cœur, et d'ailleurs il ne marchait jamais la nuit que bien armé. Se prêtant donc volontiers à l'exécution de mon dessein, il m'indiqua exactement la route qu'il tiendrait pour aller chez cet ami, pour en revenir, et l'heure précise de ses marches et contre-marches. Je fis aussitôt remettre à M. le lieutenant de police la note de cet itinéraire, d'après lequel Nobé, venant de la rue Pastourelle, devait passer, à minuit, devant ma maison, pour regagner la sienne, auprès

de l'église des Capucins. Nos gens re-
çurent l'ordre d'occuper ce court es-
pace sans affectation. L'un d'eux,
l'exempt, commandant de mes dix archers qu'il devait répartir dans le voisinage, fut chargé de se tenir, jusqu'a-
près le passage de Nobé, à l'endroit où
l'étroite et sombre ruelle de Beauce
vient déboucher dans la rue d'Anjou,
au coin de l'hôtel de la duchesse de C***.
Le mur de son jardin régnait le long de
la ruelle.

Toutes ces mesures ayant été ponc-
tuellement exécutées, le dimanche à la
chute du jour, je restai chez moi, prêt
à recevoir le rapport de mes agens en
cas d'événement. La soirée s'écoula
sans qu'il fût question de rien. Après

2..

le souper, je revins m'établir dans mon cabinet, sur la rue, au premier étage. Cette pièce, à l'extrémité de ma maison, du côté de l'hôtel de C***, avait un balcon presque au niveau et assez près de l'un de ceux de la duchesse. La saillie d'une corniche pouvait même faciliter le passage de l'un à l'autre. Aussi les volets de ma fenêtre, toujours fermés de bonne heure, le soir, étaient-ils assurés en dedans avec une barre de fer. Je l'avais ôtée, afin que rien ne m'empêchât d'ouvrir rapidement la croisée, en cas d'alerte. Cependant minuit sonna lentement à l'église des Capucins. La rue continua, durant quelques minutes, à demeurer calme et silencieuse. J'allais me retirer ; mais alors

j'entendis des coups redoublés retentir
à la porte de l'hôtel de C***. Je me mis
à la fenêtre. Un homme parlait avec
force ; je reconnus la voix de mon
exempt : il avertissait le suisse qu'un
voleur venait de s'introduire dans le
jardin, en escaladant le mur peu élevé.
J'appelai l'exempt, et lui demandai des
nouvelles de Nobé. — Il vient de passer, me répondit-il, et doit être maintenant rentré chez lui sans encombre.
Mais il y a autre chose ; deux de mes
gens qui faisaient le guet à l'autre bout
de la ruelle, ont vu tout à l'heure un
homme s'y glisser ; ils m'ont fait le si-
gnal convenu, et j'avançais vers lui
tandis qu'ils le suivaient : il a dû grim-
per au mur comme un chat, et se jeter

de l'autre côté ; car nous l'avons entendu marcher dans le jardin de l'hôtel.
J'ai laissé là un de mes archers en observation ; l'autre est allé avertir le reste
de notre monde : nous allons investir
la maison de toutes parts.

Cependant le suisse, dans l'intérieur,
donnait l'éveil à grand bruit. Après d'assez longs pourparlers avec mon exempt,
qu'il connaissait à raison du voisinage,
il l'introduisit dans la cour avec quelques archers ; d'autres, accourus en
grand nombre, faisaient la garde en
dehors. Je continuais depuis quelques
momens à observer tout cela de ma fenêtre, quand j'entendis ouvrir doucement celle dont la mienne était proche.
Je savais que la duchesse couchait là :

je me retirai, pensant que la curiosité l'attirait elle-même à sa croisée, et craignant qu'elle ne m'accusât d'avoir autorisé, par ma présence, la violation de son domicile. A peine avais-je fait quelques pas en arrière, que je vis une main saisir le fer de mon balcon; et en un clin-d'œil un homme, sautant lestement par-dessus, se trouva debout devant moi.

Mon premier mouvement avait été de me jeter au cordon de ma sonnette que je tirais avec violence. L'homme, tombant à genoux, joignit, en suppliant, ses mains désarmées : Sauvez l'honneur d'une dame ! s'écria-t-il avec l'accent de la terreur. Éclairé par ce mot, je lui fis signe de se cacher derrière le

paravent. Mon valet-de-chambre entra : Fermez cette porte, lui dis-je;
faites ensuite mettre tous vos gens sur
pied; rassemblez-les dans l'antichám-
bre, prêts à recevoir mes ordres; mais,
que personne n'entre, à moins que je
n'appelle.

Le valet-de-chambre sorti, je me
mis à mon bureau, et j'appelai l'in-
connu. Il approcha d'un pas chance-
lant. Les bougies placées sur ma table,
et dont la lumière était voilée de
mon côté, éclairaient vivement sa figure pâle et décomposée, fort belle
pourtant. Ses vêtemens annonçaient un
homme au-dessus du commun; jeune,
grand et bien fait, il avait l'air doux,
le maintien noble, malgré son abatte-

ment. — Savez-vous, lui demandai-je
d'un ton sévère, chez qui vous êtes
venu chercher un asile ?

— Je l'ignore, monsieur, répondit-
il, respirant à peine ; mais puisque vous
portez un cœur humain....

— Je suis le lieutenant-criminel,
monsieur.

En même temps je lui indiquais du
doigt une chaise devant moi. Il tomba
sur le siége, écrasé sous le poids de ce
terrible mot. Oui, dit-il, en paroles
entrecoupées, à présent.... je me rappelle... Je ne suis pas un malfaiteur...

— Vous vous êtes pourtant introduit
cette nuit dans la maison de madame
la duchesse de C*** en escaladant le
mur de son jardin ?

— Non , monsieur.

— Comment donc y êtes-vous entré ? et par quel moyen avez-vous pénétré jusqu'à la chambre à coucher de cette dame ?

Stupéfait , il me regarda sans répondre. Oui , poursuivis-je , c'est de la chambre même de madame la duchesse de C*** que vous êtes sorti pour vous élancer dans celle-ci.

— Je voulais me précipiter de cette fenêtre, dit-il en balbutiant. J'ai vu des gens en bas , de la lumière ici ; ma tête n'y était plus...

— Répondez nettement, jeune homme. Est-ce par effraction , ou à l'aide de fausses clefs, que vous êtes parvenu à la chambre où couche Mme de C*** ?

— Non, monsieur.

— Vous avez donc des intelligences dans l'intérieur, des complices ?

— Pas un seul ; nulle intelligence avec aucun des gens de cette dame. Je vous le jure devant Dieu, monsieur ; personne ne sait, non personne au monde, si ce n'est vous...

— Et elle-même, apparemment ? Vous m'avez, en entrant, conjuré de sauver son honneur.

— Oui, dit-il, dans mon trouble... et maintenant je sais que je parle à son ennemi personnel, acharné......

— Vous êtes dans l'erreur, monsieur. Je porte, selon votre expression, un cœur humain ; ce cœur est inaccessible à tout sentiment de haine et de ven-

geance. Et d'ailleurs, en vérité, je n'ai
point à me venger de madame de C***.
Elle s'est, bien à tort, infatuée de cette
fausse idée. Mon dessein, dans cette circonstance, est de sauver son honneur;
mais je veux être certain que c'est, en
réalité, de cela seul qu'il s'agit. Encore
une fois, comment vous êtes-vous introduit dans le jardin d'abord, puis
dans sa chambre ?

— Vos gens, répondit-il, ont cru
que j'avais escaladé le mur du jardin,
parce que l'obscurité ne leur a pas per-
mis de remarquer une très-petite porte
à fleur du mur....

— Cette porte, qui vous l'a ouverte ?

— Personne, répliqua-t-il vivement.
Je vous proteste de nouveau, monsieur,

que pas une créature vivante n'a connaissance de ce fatal secret, dont vous êtes seul le maître ; et je crois à l'assurance que vous venez de me donner, de ne pas en abuser pour perdre de réputation une dame d'un rang si élevé. J'avais la clef, monsieur ; je l'ai encore, la voici.

— Vous l'avez peut-être prise furtivement, dis-je en m'en saisissant.

— Non, monsieur, sur mon âme.

— Alors c'est donc évidemment madame la duchesse qui vous l'a remise ?

— Oui, monsieur ; et j'ai pénétré jusqu'à sa chambre à coucher par un escalier dérobé qui, du jardin, conduit à sa salle de bain.

Je me mis alors à écrire le détail suc-
cinct de cette conversation , et je le
présentai au jeune homme , qui le lut
avec une profonde émotion. Approu-
vez cet écrit, lui dis-je , et signez-le.

— Monsieur ! s'écria-t-il , qu'exi-
gez-vous de moi?

— Aimez-vous mieux, demandai-je,
avoir à répondre dans les angoisses de
la torture?

Il frissonna. — Signez donc, continuai-je, et dans cinq minutes vous serez
libre. Je vous atteindrai facilement partout, en quelque lieu que vous cherchiez
une retraite, dans le cas où vous m'au-
riez menti. Mais si votre déclaration est
sincère, et je le saurai, je m'engage volontairement à ne faire contre vous

aucun usagé de cette arme terrible, à moins que votre conduite ultérieure ne m'y contraigne.

— Cette arme, me dit-il, sans oser fixer mon regard, ainsi qu'il avait toujours fait depuis le commencement de notre entretien; cette arme ne peut jamais, je l'espère, être terrible contre un jeune homme dont toute la faute... Je ne crains que pour madame la duchesse.

— Eh bien! répliquai-je, écoutez. Mon exempt est chez elle avec une partie de mes gens; d'autres sont là, faisant le guet sous nos fenêtres. Je puis les appeler tous, vous livrer à eux, faire constater juridiquement que vous n'avez pu sortir que de la cham-

bre à coucher de madame la duchesse
pour vous réfugier ici. Cet éclat la
perdrait d'honneur ; et je m'en abs-
tiens. Signez donc sans crainte pour
elle.

Il prit la plume, écrivit son appro-
bation, puis s'arrêta, et réfléchit un
moment.—Mettez votre nom véritable,
dis-je avec force ; signez, le père Timothée, sous-gardien des Capucins du
Marais.

Je tenterais en vain de donner une
idée du désordre des sens du religieux
à ces paroles inattendues.—Remettez-
vous, mon père, continuai-je. Je vous
ai reconnu dès le premier moment
sous les habits mondains dont vous
êtes vêtu, et malgré ces faux cheveux

frisés et poudrés qui déguisent la nu-
dité de votre tête rasée. Et maintenant, je vous le dis encore, vous allez
être libre. Tout ceci n'aura pas de suite,
si, touché d'un véritable repentir,
vous rentrez dans les voies du devoir
et de la vertu. Mais ce ne serait pas
assez que vous m'en fissiez le serment,
vous qui avez enfreint ceux que Dieu
a reçus de vous. Il me faut un gage
plus assuré de votre conduite à venir.
Rassurez-vous; reprenez cette plume,
et signez dans les termes que je vous
ai prescrits.

Le père Timothée essuya son front
baigné de sueur; il tremblait: ses sou-
pirs pressés me firent craindre un éva-
nouissement. Je lui présentai un verre

d'eau qu'il but ; et j'attendis ensuite en silence que cette violente agitation fût assez calmée pour lui permettre de tracer son nom d'une main ferme. Cela fait, je mis l'écrit avec la clef de la porte secrète en lieu de sûreté ; et j'allai dans une pièce voisine entendre le rapport de mon exempt qui avait infructueusement exploré pendant une demi-heure le jardin et les cours de l'hôtel de C***. Je lui commandai de se retirer, ainsi que ses gens, et j'envoyai les miens se mettre au lit ; puis, quand tout fut profondément silencieux à l'entour et au loin, je conduisis moi-même le père Timothée jusqu'à la porte de la rue.

On s'étonnera, je le prévois, que

j'aie pu reconnaître au premier coup-
d'œil un moine Franciscain sous les
habits et la coiffure élégante d'un
homme du monde. Mais d'abord, bien
que grand et robuste, le père Timothée, qui comptait a peine vingt-deux
ans, n'avait, comme un adolescent,
nulle trace d'un mâle duvet sur les
joues, non plus qu'autour des lèvres.
J'ai déjà parlé de sa beauté remarquable; elle attirait alors aux Capucins du
Marais un immense concours de femmes de tous les rangs. Ses sermons élo-
quens servaient de prétexte à cette
prodigieuse affluence. J'étais allé les
entendre souvent avec Henriette depuis
un an. La duchesse de C***, très assi-
due à ces prédications, y avait amené

I.— 3

sa cour de prélats, et même M. l'archevêque de Paris. Elle protégeait hautement le père Timothée, qui dînait parfois chez elle avec ces hautes puissances de l'église.

Grâce à ce vénérable patronage, et à force de caresses et de dons prodigués à l'église de ces bons pères Franciscains, ainsi qu'aux chefs de l'ordre, elle était parvenue à le faire nommer, malgré sa grande jeunesse, sous-gardien du couvent de Saint-François de la rue d'Orléans. De plus, ayant obtenu de Rome des dispenses d'âge pour célébrer la messe et vaquer au confessional, il dirigeait la conscience de la duchesse de C***. Ce n'était pas assez, elle avait inspiré à la reine le désir de juger

par elle-même du mérite des sermons
si vantés du jeune et beau religieux. Il
devait prêcher un dimanche du Carême
suivant dans la chapelle de Versailles ,
en présence de LL. MM. Aussi présa-
geait-on que le père Timothée serait
élevé aux premières dignités de l'église,
sous les auspices de son illustre péni-
tente.

De là ces bruits injurieux à l'honneur
de la duchesse, et dont je fus si révolté
quand ma femme me les rapporta, dans
sa colère contre cette dame. Cependant, depuis ce jour-là, quelques personnes graves m'en avaient parlé dans
les mêmes termes qu'Henriette. Ce
genre d'accusation vague, impossible
à prouver, excitait toujours en moi

3.

un sentiment semblable à la colère; il
m'irritait encore plus dans cette circonstance, parce que, prévenu défa-
vorablement contre la duchesse, je me
sentais enclin à croire le mal qu'on me
disait d'elle; et cette faiblesse m'humi-
liait à mes propres yeux: je la combattais franchement.

J'aimais donc à entendre et à répéter
les témoignages favorables au père Timothée, et qui me venaient de toutes
parts. On le citait dans son couvent
comme un modèle d'austérité : ses discours autant que ses prédications, res-
piraient la morale la plus pure, et ses
actions ne les démentaient pas. Dès
qu'un incendie éclatait, il accourait toujours le premier, à la tête des Capucins

du Marais. On racontait à cette occasion des traits admirables de l'intrépidité du jeune religieux, sauveur de plusieurs victimes arrachées par lui du milieu des flammes au péril de sa vie. Chéri, respecté de tout le voisinage, le père Timothée y jouissait d'une renommée sans tache; on le vénérait comme un saint.

Sa personne seule justifiait en quelque sorte l'opinion très-répandue de l'amour forcené qu'il avait inspiré à la duchesse de C**. Fort peu de gens osaient affirmer qu'il partageait cette indigne passion; un bien plus petit nombre encore soupçonnait qu'il y avait cédé. Dans la disposition d'esprit où j'étais à son égard, j'avais souvent eu lieu de considérer avec intérêt le père Timothée. Habituellement calmes, pleins de dignité, ses traits, empreints d'une religieuse tristesse, ne m'offraient qu'une noble image de la résignation à la volonté de Dieu. Ma femme y voyait l'expression de la mélancolie d'un cœur tendre; elle découvrait sur ce pâle et doux visage les traces d'un combat continuel entre le devoir et les plus ardentes passions. Elle avait fait encore d'autres remarques, non sans les commenter à sa manière: et la tête légèrement penchée du jeune homme; et parfois la fixité de son regard rêveur et langoureux sur un objet indifférent qu'il ne voyait pas; et ses tressaillemens au son inattendu de la voix d'une femme: toutes

choses qui échappaient complétement
à mon observation.

Mais quand, du haut de la chaire
de vérité, le père Timothée tonnait
contre l'hypocrisie des mœurs du siècle, et le vice masqué de vertu ; surtout contre l'avarice, source de tous
les maux de la société, c'était son texte
favori ; oh ! alors je comprenais, je
partageais même les transports conta-
gieux de l'admiration extatique de toutes
ces femmes. Son teint ranimé se colo-
rait ; ses yeux lançaient des éclairs ; sa
figure rayonnait d'une beauté divine
et charmait les regards. Elle avait trop
frappé les miens, et occupé ma pensée
sous ces divers aspects, pour que son

déguisement pût m'imposer un seul instant, quand, par un jeu si bizarre de son caprice, la fortune le jeta tout à coup devant moi, à genoux, implorant ma pitié.

Quoi qu'il en soit, et sans m'arrêter aux réflexions que cet incident dût faire naître dans mon esprit, je reviens à l'histoire des lettres anonymes. On verra bientôt le singulier rapport de ces deux événemens.

Le procès de Pierre Brochot se poursuivit dans les formes accoutumées ; formes atroces, dont j'épargne au lecteur les horribles détails. Il suffit de dire que le malheureux confessa, dès les premières épreuves de la torture, qu'il était l'auteur de la lettre anonyme

adressée à Nobé. La famille de Dudoyer
intervint au procès. Il fallut interroger
de nouveau l'accusé, sur la part qu'il
pouvait avoir à ce premier crime. Cette
fois il nia tout, et soutint courageuse-
ment la question préparatoire. Les
bourreaux déployèrent alors un appa-
reil épouvantable à tel point , que
Pierre Brochot n'hésita plus à s'avouer
coupable du meurtre de Dudoyer.

D'après ces aveux, confirmatifs de
preuves irrécusables, les conseillers de
la colonne criminelle , alors de service
sous ma présidence, au Châtelet, tous
renommés pour leurs lumières émi-
nentes et leur religieuse équité , con-
clurent unanimement à la peine capitale. Il ne me restait plus qu'à prononcer

3..

l'arrêt définitif , sans appel , irrévocable , car je n'avais pas omis l'importante formalité de faire juger préalablement ma compétence par la chambre du conseil. Je remplis donc le devoir rigoureux d'appliquer une loi inflexible, et je condamnai Pierre Brochot au supplice de la roue.

Dieu tout puissant ! Dieu de clémence et de bonté ! tu fus témoin des angoisses de mon cœur pendant la nuit cruelle qui suivit cette journée ! Je venais de prononcer pour la première fois une sentence de mort ! J'étais rentré chez moi plus pâle et plus tremblant encore que le criminel : je repoussai les tendres soins de ma femme, les caresses de mes enfans. En vain mes

serviteurs vinrent-ils à diverses reprises m'avertir que le souper était
servi, que la famille et mes convives
m'attendaient ; je refusai d'aller les
joindre. Pour la première fois aussi,
désertant le lit conjugal, je m'enfermai
dans une chambre particulière, en dé-
fendant qu'on vînt m'y troubler jusqu'au lendemain.

Là, à genoux devant une image de
Jésus crucifié, les mains jointes, les
yeux en larmes, éperdu, je voulais
prier, impossible ; réfléchir, encore
moins. Un spectre s'interposait entre
moi et le ciel que j'implorais. Objet
d'épouvante et d'horreur, il obsédait
ma pensée, et la fixait comme la folie.
Je voyais ce pauvre homme, l'agonie

peinte sur sa figure ; je l'entendais s'é-
crier d'une voix lamentable : Je prends
Dieu à témoin que je suis innocent. Ce
sont vos tortures qui m'ont arraché les
aveux qui m'accusent.... Et la roue
pour cela ! la roue , M. le lieutenant
criminel ! ô mon Dieu ! mon Dieu !

Et comme lui, je répétai mille fois
durant cette longue nuit : la roue pour
cela ! juste ciel ! la roue parce qu'il n'a
pas eu la force de supporter ces atroces
tourmens ! Et c'est la loi ! et mon devoir était de l'exécuter ainsi ! et j'en
avais fait le serment dans les mains du
roi mon maître , en votre saint nom ,
ô mon Dieu !... Si pourtant cet homme
est innocent !... Alors je gémissais, je
frappais la terre de mon front. Le jour

me surprit dans cette douloureuse situation. La cloche des Capucins sonnait la
première messe. Je sortis pour aller l'entendre, espérant trouver enfin au pied
de l'autel la faculté de prier, et quelque
relâche à mes souffrances.

Ma femme en ignorait la cause : elle
avait passé la nuit dans les alarmes et
sans sommeil aussi. Informée que je venais d'aller à l'église, elle se hâta de s'ha-
biller, et vint m'y rejoindre. La messe
était commencée. Henriette s'agenouilla
près de moi, sans parler. Je l'entendis
pleurer ; mon cœur s'émut, et mes larmes coulèrent en abondance. Quand
nous avions quelque chagrin à la maison, des inquiétudes pour la santé de
nos enfans ou de nos proches, pieuse et

simple, elle avait l'habitude de faire brû-
ler un cierge à l'autel de Saint-François,
mon patron et celui de cette église. Le
frère convers chargé de ce détail, la
connaissait de vue, et moi aussi; mais
il ignorait mon nom et ma qualité.
Remarquant, cette fois, notre profonde affliction, il se flatta qu'elle lui serait bonne pour le débit de ses cierges;
et il ne manqua pas, vers la fin de la
messe, d'en venir offrir à Henriette,
qu'elle accepta et paya généreusement.
Madame, lui dit le frère, sans être
interrogé, nous n'aurons pas aujour-
d'hui la prédication annoncée; notre
père Timothée a été appelé pour pré-
parer à la mort un condamné, un
pauvre homme de notre voisinage, et

dont il était le confesseur, Pierre Brochot.

— Il est condamné ! s'écria ma
femme.

— A la roue, madame, repartit le
frère; et le juge en répondra devant
Dieu; car Pierre Brochot est le plus
honnête homme du quartier; un vieux
soldat, craignant le Seigneur, aumônier
quoique pauvre; une bonne et douce
créature. Ce sera un saint de plus dans
le ciel. La messe que vous entendez
est pour le salut de son âme. Toutes
les personnes pieuses en feront dire ici
à son intention.

Je frémissais de la tête aux pieds
pendant qu'il parlait. Ma femme me
pressa la main tendrement; puis, don-

nant un louis d'or à ce frère : Tenez, lui dit-elle, faites inscrire douze messes pour ce pauvre criminel, et douze autres pour appeler la grâce et le pardon de Dieu sur son juge, car il est bien malheureux aussi.

Henriette sanglotait. Un cri douloureux jaillit de ma poitrine oppressée ; et, sans attendre la bénédiction, je sortis de l'église à pas précipités, dans un désordre inexprimable. Quoi ! murmurais-je, avec un sentiment plein d'amertume ; tout va-t'il donc désormais s'unir à moi, contre moi-même ; le peuple, ma famille, mes amis, jusqu'à ma propre femme ! objet de la réprobation universelle, où trouver un refuge si je suis repoussé même de la maison de Dieu?

Henriette me suivait de près; elle m'atteignit au moment où j'allais entrer dans mon cabinet, et s'y enfermant avec moi: C'est trop souffrir, mon ami, me dit-elle; plus que personne je t'ai pressé de solliciter la charge de lieutenant - criminel; j'y voyais mille avantages pour nous et pour les nôtres. Maintenant je te supplie de t'en défaire le plus tôt possible. Il n'est pas de sacrifice que je n'accepte avec joie pour te rendre le repos de l'âme.

— Il n'est plus temps, lui répondis-je avec abattement; il n'est plus temps, ma bonne Henriette; le mal est fait. J'ai disposé de la vie d'une créature de Dieu, en usurpant ses droits. Le sang humain va couler; c'est moi qui l'aurai versé... Le cri public proclame l'innocence de la victime... Je ne suis plus qu'un assassin!.... Et tu parles de me rendre le repos! où le trouverai-je maintenant? de quoi me servirait de fuir? n'emporterai-je point ce trait déchirant partout, le reste de mes jours?

— Eh bien! repartit vivement Henriette, il faut sauver cet homme. Tu le peux, certainement; ton autorité absolue au Châtelet doit t'en offrir une foule de moyens. Si les scrupules de quelques subalternes t'opposent un obstacle, nous sommes riches, et, fallût-il

immoler ta fortune présente, la mienne,
que je t'abandonne sans regret, et toutes
nos espérances, achetons à ce prix la
paix avec ta conscience, mon pauvre
ami! Tant d'hommes sont corruptibles
pour le vice! crains-tu qu'il ne s'en
trouve pas qui le soient pour une bonne
action?

— Eh! qui me dira que c'est une
bonne action? répliquai-je, désespéré;
le sais-je moi-même? Si c'est un meurtrier dont je rachète la vie par le sacrifice de ta fortune et de celle de mes
enfans, pour le rejeter parmi les hommes désarmés, qui, confians dans mon
courage et ma loyauté, s'en reposent
sur moi du soin de veiller à la sûreté de
leurs jours et de leurs biens, commis à

ma garde sous la foi du serment!

— Que Dieu me pardonne les conseils que je t'ai donnés, dit Henriette
effrayée.

— Mais ce malheureux, ma femme!
ce malheureux, condamné par moi,
d'après ses propres aveux, il les ré-
tracte maintenant, et m'accuse de les
lui avoir arrachés par la violence des
tortures. Et tu te reproches le conseil
généreux que tu m'as donné de le sauver! tu m'abandonnes à mon affreuse
indécision!

— Hélas! mon ami, me dit Henriette, je n'ai ni les lumières, ni
la force d'esprit qu'il faut pour décider une question que toi-même
tu hésites à résoudre. Mais va voir

M. le chancelier, qui t'aime comme
son fils ; ouvre ton cœur sans réserve,
non pas au magistrat suprême, mais à
l'ami conscienceux et éclairé ; et prends
d'avance la ferme résolution de suivre
aveuglément l'avis de cet homme de
bien : c'est le seul moyen de sortir d'une
si douloureuse perplexité. »

Frappé du bon sens de ma femme,
je résolus de suivre son conseil. J'avais
enfin un point d'appui ; le tumulte de
mes pensées s'apaisa peu à peu, je pus
enfin réfléchir. Le soir, la trop vive irri-
tation de ma blessure était sensiblement
calmée ; et je goûtai, la nuit suivante,
un repos rafraîchissant. Le lendemain,
de grand matin, j'allai chez le chancelier, qui se levait avec le jour. Encou-

ragé par son accueil paternel, je lui parlai de l'affaire de Pierre Brochot dans les plus grands détails : il me prêta une profonde attention. Je lui peignis ensuite l'horreur du supplice auquel j'étais en proie depuis que j'avais prononcé la sentence de cet homme. « Et je doute seulement, ajoutai-je avec véhémence. Que serait-ce donc, je vous prie, si le véritable auteur du crime étant un jour découvert, j'avais chargé le reste de ma vie du remords d'avoir fait périr un innocent! et sur la roue, monsieur! »

Le chancelier fronça les sourcils, et ne répondit pas. « Ne-peut-on, du moins, lui demandai-je, obtenir un long sursis, pendant lequel je me li-

vrerais aux recherches les plus actives
pour découvrir le vrai coupable?

— Cela se peut, dit froidement le
chancelier.

— Mais, monsieur, repris-je, après
un peu d'hésitation, ne se pourrait-il
pas aussi que mes recherches, étant infructueuses à cet égard, j'eusse pourtant acquis la conviction que le condamné est innocent?

— Vous voulez dire la preuve?

— Non, monsieur, la conviction, je
le répète; ne suffirait-elle pas pour
m'autoriser à tenter tous les moyens,
quels qu'ils soient, de l'arracher à un
injuste supplice, dût-il m'en coûter le
sacrifice de ma fortune, de ma vie, de

mon honneur même? car enfin, dans mon opinion, si je laissais alors exécuter mon arrêt, inique à mes propres yeux, j'aurais à répondre à Dieu d'un véritable assassinat, et du plus exécrable de tous. »

La figure du chancelier, déjà si chargée de soucis, se rembrunit encore : il continua de garder le silence. Je le suppliai de répondre à ma demande. « J'y penserai, me dit-il, en prenant les pièces du procès, que j'avais toutes apportées. Revenez dans huit jours, à pareille heure. »

La veille de ce rendez-vous, je reçus la visite du chevalier de Liray, le maître de Pierre Brochot, et dont ce pauvre homme avait inutilement invoqué le témoignage. « Monsieur, me dit-il avec force, Brochot n'a point commis le crime dont on l'accuse.

— C'est lui-même qui s'est accusé, repartis-je, en commandant à mon émotion.

— Eh! monsieur, votre abominable torture....

— Vous feriez mieux, monsieur le chevalier, de me fournir, si vous l'avez, la preuve de son innocence. Mais alors la justice aurait à vous demander compte de votre silence jusqu'aujourd'hui.

— Mon silence s'explique d'une manière naturelle, répliqua le chevalier de Liray : j'arrive aujourd'hui même d'un voyage au Sénégal. Le ministre m'avait donné une mission secrète pour le gou-

verneur de cette colonie. Je m'abstins
donc d'en instruire Brochot; il savait
seulement que je devais l'emmener avec
moi, et que nous partirions de Versailles, en poste, à minuit précis, le
28 novembre. En conséquence, je l'envoyai de cette ville à Paris, le 26, avec
une instruction détaillée au sujet des em-
plettes et des démarches à faire pour
moi. Je lui prescrivis dans cette note
de partir le 28 de Paris, au plus tard
à sept heures précises, par les petites
voitures qui stationnent à l'entrée du
Cours-la-Reine. Ne le voyant pas arriver à minuit, j'ai dû partir sans lui:
l'ordre du ministre était précis, je ne
pouvais attendre ni différer.

— Monsieur, répliquai-je, l'instruc-

tion dont vous parlez figure au procès.
On y voit en effet que Pierre Brochot
était encore le 26 à Versailles, et qu'il
savait votre dessein de l'emmener le 28,
à minuit, pour un voyage d'outre-mer.
Or, c'est à Versailles, le 26, que la
lettre à Nobé a été timbrée par la poste,
quoique datée de Paris le 27. Elle contenait l'ordre de déposer la somme en
or au lieu même, à l'heure précise, où
vous aviez vous-même indiqué à Pierre
Brochot son point de départ pour ce
voyage lointain, qui semblait devoir le
soustraire à toutes les recherches de la
justice. Pour justifier sa descente de la
voiture, à cent pas de l'endroit où il
venait d'y monter, il a prétendu que,
saisi tout à coup de violentes tranchées...

4.

— Quoi qu'il ait dit, interrompit le chevalier avec chaleur, Brochot a dit la vérité. A tous ces rapprochemens de dates et de circonstances, fort étranges sans doute, j'oppose, en faveur de l'honnête garçon, trente ans d'une vie sans tache, passés tout entiers sous mes yeux. De ces trente ans, quinze ont été consacrés au service du roi, dans ma compagnie de cavalerie, dont il était l'exemple. Savez-vous rien au monde de meilleur qu'un bon soldat, monsieur, de plus solidement éprouvé qu'un vieux soldat sans reproche, et qui a conservé sa candeur au milieu de la licence des camps et de la corruption des garnisons? Cet homme-là, c'est Brochot, monsieur : bon, simple, et doux comme

un enfant dans le commerce habituel,
brave comme un lion sur le champ de
bataille. Brochot criminel ! pauvre innocente créature ! et criminel pour de
l'argent ! de l'argent ! lui !... Mais, monsieur, tout le monde vous dira que ma
bourse est la sienne; il y puise sans
compter, mais pour donner seulement;
car, vivant chez moi dans l'abondance
de tout, il n'a nul besoin personnel.
C'est lui qui reçoit mes rentes et mes
fermages, qui fait mes placemens de
fonds; mon or est sous sa garde : voilà
pour le présent; et son avenir est lar-
gement assuré par mon testament; il
le sait. Brochot est innocent, monsieur;
ce qu'il allègue pour sa défense est vrai :
le brave garçon n'a jamais menti... Je

me trompe, il a menti une fois, une
seule, quand, pour échapper à vos exécrables tortures, il leur préféra le coup
mortel qui devait mettre un terme à
de trop atroces douleurs; et pour l'obtenir, il a menti en s'avouant coupable.
C'était comme s'il vous eût dit, le pauvre homme ! Allons, bourreaux, tuez
tout de suite le vieux soldat qui ne
craint pas la mort; il vous la demande
comme une faveur. Mais la roue! monsieur, pouvait-il croire!... bonté du
ciel! la roue à Brochot!...

Le chevalier de Liray tomba, épuisé,
sur un fauteuil, en jetant un cri douloureux. Il sanglotait, il répétait le
nom de son humble ami avec un accent
si doux et si déchirant à la fois ! Non,

me disais-je, non, celui qui, dans une condition aussi obscure, peut inspirer un attachement vrai, désintéressé, profond comme celui-là, n'est point un scélérat. Mes yeux se mouillèrent de pleurs.

— Vous êtes ému, monsieur ! s'écria le chevalier ; votre cœur parle ; écoutez-le, sauvez un innocent, sauvez-vous aussi du remords.

— J'ai jugé en mon âme et conscience, répondis-je, et mon arrêt est définitif. Mais il nous reste un espoir : allez implorer la clémence du roi, si ce n'est sa justice...

— C'est sa justice ! s'écria le chevalier avec feu. Mais justice ou clémence, je l'obtiendrai du roi, fût-ce au prix de ma propre vie, tant de fois exposée pour son service. Je vole à Versailles me jeter à ses pieds.

— Allez, monsieur, lui dis-je ; mes vœux vous y suivront, et je vous seconderai de toute ma puissance auprès de M. le chancelier, qui sera consulté.

Le chevalier de Liray, me prenant dans ses bras, m'étreignit vivement, sans pouvoir proférer une parole, et s'éloigna d'un pas rapide.

Le jour suivant, j'allai chez M. le chancelier. L'expression de sa figure austère était glaciale : je tremblai en l'abordant. Il me montra le dossier du procès de Pierre Brochot : J'ai tout examiné mûrement, me dit-il, cet homme est coupable ; vous avez bien jugé, l'arrêt doit être maintenu.

Étourdi par ce coup, mais loin de m'avouer vaincu, je rassemblai toutes mes forces ; et, après l'avoir supplié de dépouiller un moment l'imposante gravité du juge, de n'être plus qu'un homme, et de n'écouter que l'ami, je lui rapportai mot à mot mon entretien de la veille avec le chevalier de Liray.

— Futilités, dit le chancelier d'un ton sévère. Gardons-nous de mettre ainsi des émotions de femmes à la place de nos devoirs de citoyens et de magistrats. Toutes les crispations nerveuses du chevalier de Liray, et les vôtres aussi, mon ami, je le dis à re-

4..

gret, ne sauraient prévaloir contre des
faits aussi patens que ceux-ci.

Et il me montra, dans le résumé du
procès, fait par moi, écrit de ma
main, une suite de preuves véritablement accablantes, et qui, selon mes
propres expressions, se fortifiaient les
unes par les autres. Vous le voyez,
ajouta-t-il, vous-même vous n'avez ni
argumenté, ni tiré aucune conclusion
des aveux de l'accusé, arrachés dans
les tortures ; moi aussi je me suis défendu d'en prendre avantage contre
lui ; mais voyez, relisez cette foule de
témoignages consciencieux, qui attes-
tent des faits irrécusables, dont l'en-
chaînement forme un tissu continu,
serré, palpable. C'est la vérité même ;

elle a frappé mes yeux comme les vôtres, comme ceux de tous les hommes habiles, éclairés, souverainement équitables, dont je lis les noms au bas de cet arrêt. Oui, Pierre Brochot est coupable. La société réclame de nous, non pas vengeance, le mot et la chose nous sont étrangers, mais sécurité : c'est l'esprit de la loi, que nous avons juré d'observer religieusement. Je ne blâme pas la pitié, loin de là; mais pour que ce sentiment soit bien ordonné, soit utile, ce n'est pas à l'assassin qu'il doit profiter, c'est à ses victimes. La mission que vous avez acceptée, monsieur, c'est d'écarter de leur sein, par une répression vigoureuse et terrible, le poignard dont le meurtrier les menace.

Marchez donc à ce but d'un pas ferme, sans arrêter vos regards sur ce qui peut vous en distraire.

— Eh! monsieur, repartis-je avec un cri de détresse, le malheureux proteste qu'il est innocent.

— Vous êtes neuf dans le métier, répondit le chancelier avec un sourire de pitié. Les plus grands scélérats le protestent aussi jusqu'à la fin, même à leurs confesseurs ; et voilà pourquoi le prêtre qui les assiste a toujours soin, en vue de leur salut, de provoquer une dernière confession au pied de l'échafaud, à ce moment suprême où le condamné, sans espoir, n'ayant plus aucun intérêt, sur la terre, à déguiser la vérité, la laisse enfin échapper de

son sein par effroi des peines éter-
nelles.

Ces derniers mots me frappèrent
vivement. Je laissai le chancelier dis-
courir quelque temps encore; et, me
levant ensuite pour prendre congé de
lui : Souffrez, dis-je, une dernière im-
portunité. Il vous a plu, l'autre jour,
de ne pas me répondre quand je vous
ai adressé cette question : dans le cas
où, n'ayant pu découvrir aucune preuve
de l'innocence d'un accusé condamné
par moi au dernier supplice j'en aurais pourtant acquis la consciencieuse
et profonde conviction, je vous demande, je demande à mon ami, si je
ne serais pas suffisamment autorisé à

l'arracher à la mort par tous les moyens humainement possibles ?

— Je me le rappelle, dit le chancelier très-ému ; et vous avez ajouté : Dût-il m'en coûter ma fortune entière, la vie, et jusqu'à l'honneur. Eh bien ! mon ami, continua-t-il les yeux humides, le cas échéant, mets tout cela dans la balance, songe à tes enfans, à ta femme, invoque Dieu, et ne prends conseil que de ton noble cœur.

Je me retirai peu satisfait, car je n'avais pas osé tout dire. Mon dessein était de sauver cet homme, coupable ou non, pour échapper au reproche d'avoir versé le sang humain ; pensée intolérable ! Mon sein était déchiré par

les furies. Les paroles graves du chancelier venaient de renfermer mes idées
dans un cercle moins étendu : je con-
sacrai plusieurs jours et des nuits en-
tières à les méditer. Je me livrai à des
études approfondies de moi-même, de
nos lois, de l'état de la société, de ses
besoins généraux, de mes devoirs par-
ticuliers. Je consultai les meilleurs
écrivains ; j'interrogeai les hommes
les plus éminens en savoir , légis-
tes , théologiens , philosophes : je
m'éclairai de toutes les lumières, et
j'étais encore indécis.

J'appris alors qu'à la suite d'un assez
long entretien avec le chancelier, le roi
venait de rejeter la demande en grâce
présentée par le chevalier de Liray

pour Pierre Brochot. Tous les délais possibles étaient expirés ; on fixa le jour de l'exécution. De cet instant mon parti fut pris irrévocablement.

Avant l'heure fatale, j'allai m'établir à l'Hôtel-de-Ville, dans un cabinet dont la fenêtre avait vue sur l'écha- faud. Je fais grâce au lecteur de l'hor- rible progrès de mes émotions à me- sure que l'infortuné approchait de l'instrument de son supplice; car j'igno- rais encore s'il devait ou non le subir. Quand Pierre Brochot descendit du tombereau, je faillis m'évanouir; mais il y allait de sa vie: je raffermis mon âme, et continuai d'observer.

Ainsi que me l'avait dit le chancelier, le prêtre qui assistait le patient l'arrêta au pied de l'échafaud, et le confessa une dernière fois. Cela fut long. Le malheureux retenait la vie tant qu'il pouvait. A la fin, le prêtre l'ayant béni, les bourreaux le saisissaient déjà. Je donnai l'ordre de suspendre l'exécution, et de m'amener le condamné avec son confesseur.

Ce confesseur, c'était le père Timothée. On se rappelle qu'un frère convers l'avait dit à ma femme, devant moi, à l'église des Capucins, et je m'étais bien assuré de ce fait. Je commandai qu'on l'introduisît seul dans mon cabinet. Il me parut dans un état à faire compassion : ses dents s'entre-choquaient ; ses yeux, demi-fermés, n'osaient se lever sur moi ; il tremblait. Je le fis asseoir et me plaçai devant lui.

— Mon père, dis-je au religieux, la justice des hommes est toujours incertaine. Des preuves nombreuses, irrécusables en apparence, ont motivé la condamnation de Pierre Brochot. Coupable, il doit périr... le sort en est jeté. J'ai balancé; mais enfin, dans mon esprit irrésolu long-temps, le respect pour la majesté des lois et la sainteté du serment, le devoir, l'intérêt mieux entendu de l'humanité, tout a dû l'emporter, tout m'a commandé impérieusement d'immoler ma volonté privée, mon opinion individuelle. Oui, Pierre Brochot, criminel, doit mourir; il va subir son supplice... Mais, mon père, même dans cette extrémité, si

Dieu permettait qu'un rayon de sa pure lumière, éclairant, dessillant tout à coup mes yeux, me le montrât innocent !.... Oh ! alors, père Timothée, continuai-je en m'animant, alors, foulant aux pieds les lois du monde et les devoirs du juge, n'écoutant plus que ceux de l'homme et du chrétien, j'arrache l'innocent à l'échafaud. Reconduit de ce pas dans son cachot (je puis le commander publiquement et l'on m'obéira sans résistance) je le ferai, cette nuit, en secret, décharger de ses fers, rendre à la liberté, entraîner aussitôt dans une voiture rapide, sous la protection de mon exempt; et demain il sera en sûreté au-delà des frontières. Toutes mes mesures sont prises, les

relais préparés, les agens sûrs et dé-
voués, sans inquiétude, quant à eux,
sur les suites de l'événement. Pour moi,
je ne sais ce qu'il en adviendra; je
risque tout à ce jeu terrible. N'importe,
c'est assez de rester pur du sang innocent, et assuré qu'il ne retombera pas
sur la tête de mes enfans. Maintenant,
mon père, ce rayon de la lumière divine, qui peut seule éclairer mes yeux,
c'est de vous que je l'attends.

— De moi! monsieur, de moi! s'é-
cria le religieux, en frémissant; je ne
vous entends pas...

— Parlons net, mon père; je vous
demande de me révéler la confession
de Pierre Brochot au pied de l'échafaud.

— Vous me demandez un crime....

— Un crime, peut-être, aux yeux
de l'église, une action méritoire aux
yeux de Dieu, qui juge les cœurs...

— Frivole distinction, monsieur,
l'église...

— Point de faux-fuyans, père Thimothée; je le sais aussi bien que vous,
ce prétendu crime n'est qu'une faute
de discipline; l'église l'absout fréquemment; elle le commande en de certains
cas. Pourriez-vous bien craindre sérieusement le poids d'un si léger remords, vous! vous, cœur hypocrite!...
Finissons, continuai-je, en lui mon-
trant l'écrit accusateur qu'il avait si-
gné chez moi. Votre liberté, votre
honneur et tout votre avenir, sont

entre mes mains. Voulez-vous ressaisir ces biens? Je suis prêt à vous rendre ce papier. Vous, rendez-moi la paix de l'âme. Vous venez de lire au fond du cœur de Pierre Brochot; déjà penché sur l'abîme de l'éternité, il vous a dit la vérité; faites-la-moi connaître. J'en ai besoin, je la veux; dissipez un doute affreux, intolérable.

Le religieux, le front incliné, les mains jointes, demeurait immobile et muet. Et que vous servirait de la taire? poursuivis-je d'un ton plus véhément. J'interpréterais votre silence; il serait, pour moi, l'aveu formel du crime de votre pénitent, puisque, d'un mot, vous pourriez le sauver, et que vos lèvres se refuseraient à le prononcer. Non,

jamais, jamais je ne me persuaderai
qu'un prêtre du Dieu de miséricorde
aurait laissé périr si misérablement
une créature humaine qu'il savait innocente, quand, d'une seule parole, il
pouvait l'arracher à la mort... Et à
quelle mort! bonté divine!... Vous frémissez, père Thimothée!...

— C'est la vérité que vous voulez,
monsieur? me dit-il d'une voix tremblante.

— La vérité, quelle qu'elle soit,
mon père; la vérité devant Dieu, notre
créateur et notre juge, telle que tout
à l'heure, en sa terrible présence, ce
malheureux homme vous l'a con-
fessée.

— Et, à ce prix, vous me rendrez cet écrit?...

— Sur-le-champ; je vous le jure sur mon salut éternel.

— Eh bien! monsieur, la vérité, la voici : Pierre Brochot est...

Il s'arrêta, et frissonna. Mon âme était restée suspendue à ses lèvres. Il ferma les yeux; sa figure blême devint livide, et se couvrit de sueur : sa bouche murmura le mot *coupable*.

Écrasé sous le coup, anéanti, je demeurai quelques instans sans voix, sans mouvement; un nuage obscurcissait ma vue. Je priai; Dieu me prit en pitié; je retrouvai la force de parler et d'agir : Tenez, père Timothée, dis-je, en lui remettant son écrit; allez, que le ciel nous pardonne à tous deux! Allez.

Il déchira la feuille, et sortit d'un pas mal assuré. Je sonnai; mon exempt parut. J'ordonnai que la justice du roi suivît son cours; et quand ma porte fut refermée, j'entendis répéter cet ordre. Mon cœur se brisa. Mais tout à coup voilà que Pierre Brochot jette un cri déchirant : Mon père, dit-il d'une voix retentissante, je suis inno-cent! vous le savez, mon père, vous qui m'avez entendu, prêt à paraître devant Dieu! Vous n'avez donc pas dit que je suis innocent comme l'enfant qui vient de naître.

J'ouvris alors, et j'apparus, mena-

çant et terrible, aux yeux du religieux.
Foudroyé par mon regard, il tomba la
face contre terre. Je fis signe à mes
gens de le relever, et de le ramener
dans mon cabinet, où ils le placèrent
sur le siége qu'il venait de quitter.
Tout son sang avait reflué vers le cœur;
sa figure, immobile, présentait l'hor-
rible aspect d'un cadavre. Je me tins
debout devant lui, et quand on nous
eut laissés seuls : « Méchant homme !
lui dis-je, transporté de colère ; prêtre
indigne, tu as menti devant Dieu !...

— Ce supplice épouvantable, interrompit-il d'un air égaré; cette roue,
ces bourreaux !...

— Tu leur livrais une victime innocente...

—Grâce pour le coupable! cria-t-il, délirant.

— Tu le connais, infâme?

—Non, je n'ai pas dit cela... non... non....

— Vous le connaissez, mon père, m'écriai-je, éperdu, en me jetant à ses genoux. Mon père en Dieu! je vous implore; cédez à ce bon mouvement que le ciel même vient de vous inspirer. Oui, vous connaissez le criminel; nommez-le-moi; ne craignez point. Grâce pour lui! oui, grâce, je vous le jure! j'ai tenu mon premier serment envers vous; celui-ci ne me sera pas moins sacré.

— Cette roue! ces bourreaux! répétait-il dans sa démence.

5.

— Point, point, mon bon père! repris-je, en pressant ses genoux, en baisant ses mains. Ecoutez-moi, père Timothée; rappelez vos sens, je commanderai aux miens; nous avons besoin de force d'âme, ici, tous les deux. Secourons-nous, aidons-nous l'un l'autre; soyons hommes. »

Et je pleurais comme un faible enfant; les sanglots entrecoupaient ma voix; je ne parlais qu'avec effort. « Ecoutez-moi, continuai-je, ce coupable, vous l'aimez, je le vois, ou du moins il vous intéresse au plus haut point, et vous frémissez de le livrer à un juge implacable, à des bourreaux. Eh bien! moi aussi, mon père, j'ai horreur du sang et des supplices; ne l'avez-vous donc

pas vu ? J'abjure la qualité de juge ; je
ne veux plus l'être que pour proclamer
l'innocence de Pierre Brochot, et le
rendre à la liberté. Mais pour cela, il
faut, vous le comprenez bien, que je
nomme le véritable criminel. Soyez
tranquille, ce sera sans danger pour
lui. Tous ces préparatifs destinés à
l'évasion de Pierre Brochot, et si bien
combinés à l'effet de favoriser sa fuite
jusque sur une terre étrangère, ils
vont servir à votre ami ; demain il aura
franchi la frontière sous la protection
de mon exempt ; il sera libre, hors
d'atteinte ; je lui donnerai de l'or à pleines mains...

— Et tout cela, interrompit le reli-

gieux, vous jurez de le faire?.. vous le
jurez sur le salut de votre âme?

—Oui, je le jure.

— Quel que soit le coupable?

— Quel qu'il soit, eût-il trempé ses
mains dans le sang de mes propres enfans.

—Ses mains sont pures du sang humain.

— Et le meurtre de Dudoyer?

— Il ne l'a pas commis, s'écria le
père Timothée. Il n'est pas l'auteur des
lettres écrites l'année dernière, ni de ce
meurtre, ni d'aucun meurtre, enfin.
Oh! la seule pensée de ce crime atroce
le fait frissonner d'horreur; la crainte
d'en être injustement chargé a glacé sa

langue, prête à prononcer l'aveu de sa
faute, de la seule... Cette lettre, pour
laquelle Pierre Brochot a été condamné... Mais où s'arrêtera la justice
des hommes?... la torture! monsieur,
la torture!...

— Eh! mon père, je l'abhorre autant que vous, lui dis-je avec véhémence.
Voyez-le, l'homme aux tortures; le juge
armé de cette terrible puissance, qu'il
pourrait exercer contre-vous-même, à
raison de vos demis-aveux...Pourquoi
frémir ainsi, bon père Timothée?...
Voyez-le donc, ce juge, tremblant lui-
même à vos genoux, implorant le pardon du ciel et de la terre pour en avoir
fait usage une seule fois, pour avoir été
l'exécuteur de ces lois, écrites avec du

sang; lois exécrables, contre lesquelles
se soulève sa conscience épouvantée.
C'est à l'horreur qu'elles m'inspirent que
je sacrifie mon état présent, mon avenir, celui de mes enfans! et vous m'ac-
cuseriez encore d'avoir un cœur cruel,
impitoyable!.... Oh! non, non; c'est
moins encore par intérêt pour lui que
par pitié pour moi, que je veux éloigner, sauver votre ami.

— Ce n'est point un scélérat, Monsieur...

— Je le crois, mais le fût-il...

— Il ne l'est pas; non, il ne l'est
pas... il ne fut qu'égaré par le désespoir... tant de malheurs... et la faim,
l'affreuse faim... il fallait de l'argent...
La malheureuse fille abandonnée du

monde entier... et leur enfant, monsieur ! leur petit enfant ! innocente
créature ! mourant avec elle faute de
nourriture... Il fallait bien avoir de
l'argent, et lui, pauvre... le plus
pauvre des hommes... un religieux...

Il avait parlé avec une volubilité
croissante; il prononça ce dernier mot
lentement, et son regard fixé sur le
mien exprimait la terreur. Je le sau-
verai ! m'écriai-je, en étreignant
ses genoux plus étroitement encore.
Religieux ! que m'importe ! c'est un
infortuné sous la sauve-garde de mon
serment, du serment d'un honnête
homme. Courage, mon pauvre père
Timothée ! courage ! versez le secret de

5..

votre cœur dans le cœur d'un ami.
Ce religieux, c'est ?...

— C'est moi !

Et sa tête s'appesantit sur sa poitrine
haletante. Me relevant alors : Je tien-
drai ma promesse, lui dis-je vivement.
Ne craignez rien de la justice des hommes ; c'est à Dieu seul que vous aurez
à répondre de vos fautes, et sa bonté
vous tiendra compte de cet aveu qui
sauve un innocent du supplice. Mais
ce n'est pas assez, père Timothée, il
faut rendre à Pierre Brochot l'honneur,
la liberté. Je ne le puis sans une preuve
authentique de son innocence. Demain,
au coucher du soleil, vous serez hors
d'atteinte, au-delà des frontières, à

Mons, où je vous conduirai moi-même. Je ne vous quitterai qu'après avoir reçu cette preuve écrite de votre main.

— Je l'écrirai sous vos yeux avant de partir, me répondit-il sans hésiter.

Dieu m'entend, m'écriai-je, votre confiance ne sera pas trompeé. Allez, retournez à votre couvent. Pouvez-vous encore sortir la nuit, déguisé ?

— Je le puis, monsieur.

— Eh bien ! je vous attends à onze heures précises, avec l'écrit bien circonstancié, et que vous me ferez remettre sur-le-champ par le portier. Il sera prévenu, une chaise de poste attelée. Soyez exact.

Ce fut le tour du religieux de se pré-

cipiter à mes genoux, de les presser
convulsivement, de baiser mes mains,
de les mouiller de larmes. A ce soir,
mon père, dis-je en le relevant; il
est temps de mettre un terme aux angoisses de Pierre Brochot. Allez lui an-
noncer que je réponds de sa vie, et que
dans peu de jours il sera rendu à la liberté avec honneur.

Oh! de quel poids mon pauvre cœur
était soulagé! Je reconduisis le père
Timothée jusqu'à la porte, d'où je
donnai à haute voix l'ordre de reme-
ner le condamné à son cachot. Je dis
ensuite, tout bas, à mon exempt, de
faire placer Pierre Brochot, sans fers,
dans une chambre saine et aérée, d'où
il pût voir le ciel; et d'avoir soin qu'on

lui fournît un lit propre et de bons alimens. J'allai ensuite entendre la messe à l'église voisine de Saint-Gervais, et rendre grâce à Dieu avec des élans de tendresse et de reconnaissance qu'on peut imaginer.

Toutes les formalités relatives au sursis que je venais d'accorder ayant été remplies, j'annonçai à M. le premier président mon projet d'aller passer à Mons les petites vacances de Pâques, auxquelles nous touchions. De retour à la maison, je fis tout disposer pour partir après le souper, avec un gentilhomme flamand, qui devait venir à onze heures, et je recommandai qu'on le fît aussitôt monter dans la voiture, où j'irais le rejoindre à l'instant même.

A l'heure dite, en effet, on vint m'avertir de l'arrivée de mon compagnon de voyage, en me remettant une lettre apportée par lui. Elle contenait les aveux du religieux : je les trouvai tels que je les désirais. L'ayant fait prier de m'attendre quelques instans, j'écrivis à M. le chancelier, que j'avais enfin la preuve de l'innocence de Pierre Brochot, et de la culpabilité du véritable auteur du crime pour lequel cet honnête homme avait été condamné. Je le priais, en conséquence, de le faire, dès à présent, traiter honorablement dans sa prison, de la-

quelle il ne pouvait sortir qu'en vertu
d'un arrêt solennel; et pour cela, il
fallait attendre la rentrée du parlement, après la quinzaine de Pâques.

J'adressai une lettre dans le même
sens, à Pierre Brochot lui-même. Tranquille alors sur son sort, et le cœur
complètement satisfait, j'embrassai ma
femme, je bénis mes enfans, et je partis
sans plus de retard.

Un courrier précédait ma chaise de
poste; les relais avaient été préparés
d'avance, sur mes ordres, pour le service des gens du roi. Notre voyage fut
rapide : nous ne nous arrêtâmes point.
Tant qu'il dura, le religieux, inquiet
et agité, garda un silence obstiné et
refusa toute nourriture, quoique je

lui eusse, à diverses reprises, offert de partager avec moi les provisions dont je m'étais muni. Cependant cette sombre tristesse se dissipa en partie quand nous eûmes dépassé la frontière: il était calme en arrivant à Mons, où nous descendîmes à l'hôtel des *Trois-Rois*, un peu avant le coucher du soleil. J'étais tellement accablé de fatigue, qu'après l'avoir recommandé aux soins d'une hôtesse fort empressée, je me retirai et me mis au lit aussitôt.

Le lendemain matin, je le fis venir dans ma chambre. Son maintien était modeste; il portait, avec l'aisance d'un homme de bonne compagnie, l'épée et l'habit brodé. Ses traits reposés avaient repris leur beauté; il paraissait abattu, mais point humilié. Vous voilà libre, lui dis-je. Ce n'est pas assez, père Timothée...

— Monsieur, interrompit-il, ne me donnez plus, je vous prie, ce nom dont mes persécuteurs m'ont stigmatisé, en me marquant du sceau de l'esclavage auquel vous venez de m'arracher. Je m'appelle Alexis Nobé.

— Nobé ! répétai-je avec surprise.

— Oui, je suis le neveu d'Antoine Nobé, impliqué dans ce fatal procès...

— Quoi ! repris-je, votre père est donc ce Nobé d'Ambleville, qui a marié sa fille au marquis d'Auteuil, en lui donnant une dot d'un million ?

— Oui, monsieur, et il n'a pas d'autres enfans que moi et cette sœur.

Jugez de sa justice par la comparaison du sort qu'il nous a fait, à l'un et à l'autre.

— Votre sort ! répliquai-je avec sévérité ; n'est-ce donc pas vous seul qui vous l'êtes fait ainsi. Vous aviez embrassé volontairement l'état ecclésiastique, et choisi la robe vénérable...

— Non, monsieur, la violence et la ruse se sont unies pour m'imposer ce double joug que je repoussais avec horreur.

— La violence ! eh ! jeune homme, ne sais-je pas que, d'après nos lois, et surtout dans l'état actuel de la société, la contrainte n'est pas possible pour engager, même une faible fille, à se lier par des vœux monastiques ? On ne voit cela que dans les romans. Dans la vie réelle, tous les efforts de la violence et de la ruse viennent se briser sans retour contre un *non* fermement articulé à la cérémonie de la profession, qui se fait toujours publiquement. Qui vous empêchait de recourir à ce moyen extrême, si tous les autres vous avaient manqués? Mais cette supposition est absurde; vous n'étiez pas emprisonné.

— Je l'ai été, monsieur, et très-étroitement, tant que j'ai refusé de prendre l'habit de novice aux Capucins du Marais.

— Eh bien! pendant votre noviciat......

— Il n'a duré qu'une semaine tout au plus.

— Cette circonstance est très-grave,
observais-je, et le défaut de noviciat
durant une année tout entière, pouvait
autoriser une réclamation légale contre
la validité de vos vœux.

— Je l'ai faite, monsieur, et adressée, dans les formes voulues, à mon
supérieur et à M. l'archevêque. Je n'ai
obtenu aucune réponse : on a étouffé
ma voix et supprimé mes écrits.

— Mais enfin, pendant cette semaine
de noviciat, vous jouissiez d'une entière liberté?

— Non, monsieur, je n'avais fait
que changer de prison. Elle était
aussi dure que la première ; seulement,
elle n'était pas infâme. Et en acceptant
le joug que la violence m'imposait, je

recouvrais du moins l'espérance de revoir, de pouvoir protéger encore ma
femme, notre enfant... C'est à eux
que je me suis immolé.... Ah! monsieur, que la rage de mes ennemis fut
ingénieuse! Si vous saviez toutes les in-
fortunes dont ils m'accablèrent à la
fois; combien de mauvaises passions,
et de sentimens vils, s'allièrent pour
m'opprimer; que de haine et d'amour,
acharnés sur moi, me furent également
funestes! Si vous saviez tout cela, monsieur, vous plaindriez ma jeunesse;
vous ne la maudiriez pas, comme mon
père....

Alexis Nobé fondit en larmes à ces
mots. Je me sentis profondément attendri de sa douleur. Mon dessein était

de repartir le jour même pour Paris, après l'avoir mis en état de se rendre en Hollande, et d'y vivre au-dessus du besoin pendant une année, terme que je jugeais suffisant à un homme de son mérite pour trouver un emploi convenable : j'avais d'ailleurs le moyen de le recommander puissamment dans ce pays. Ce qu'il venait de me dire changea la direction de mes idées à son égard. Il ne me paraissait plus improbable qu'il eût été victime de violences exercées contre lui; dans le but de le dépouiller d'une immense succession. On sait que la profession dans un couvent de Franciscain emporte la mort civile; et j'avais entendu parler du marquis d'Auteuil, son beau-

frère et cohéritier; de manière à justifier les soupçons qui commençaient
à s'élever dans mon esprit. Je résolus
donc de demeurer quelques jours avec
ce jeune homme, afin de vérifier jusqu'à quel point étaient fondées mes
conjectures; et puis juger, après avoir
découvert la vérité, du parti que j'en
pourrais tirer en faveur d'un infortuné, bien coupable sans doute, mais
qui m'inspirait, en dépit de moi-même,
un tendre intérêt.

Il ne fut pas besoin d'efforts pour
l'engager à me conter ses aventures.
Malheureux comme il était, et se plai-
gnant de tant d'inimitiés, ce fut assez
de lui montrer un peu de bienveil-
lance, dont la sincérité ne pouvait être

suspecte. Dès-lors, son cœur blessé brûla de s'épancher dans le mien. Mais j'aimai mieux différer un peu cette confidence, certain qu'en me connaissant mieux, il me la ferait plus entière et plus vraie. Je vous écouterai volontiers, lui dis-je, et très-attentivement. Quels que soient les torts de votre vie passée, à votre âge on a tant d'avenir encore pour les réparer! C'est désormais l'unique but auquel vos efforts doivent tendre; et j'ai l'espoir que mes conseils pourront aider à vous y conduire sûrement. Mais nous avons plusieurs jours devant nous; ne vous hâtez pas: ne négligez aucun des détails dont l'effet doit être de m'unir plus intimement à votre pensée; montrez-moi vos

actions sous le jour le plus vrai , bien
qu'il puisse vous être le moins favorable ; soyez toujours sincère , je serai
toujours indulgent.

Telle fut l'origine de l'histoire qu'on
va lire. Trop souvent entraîné par
l'impétuosité de ses sentimens d'amour
ou de haine, Alexis Nobé, en me ra-
contant sa vie, s'attachait exclusive-
ment aux pas de l'un des personnages
de cette espèce de drame, et le con-
duisait tout d'abord jusqu'au dénoue-
ment. Il fallait ensuite revenir sur ses
pas pour amener les autres au même
point. Loin de me fatiguer, les nombreuses répétitions du conteur m'inspi-
rèrent un intérêt plus vif pour sa per-

sonne, par le caractère de vérité naïve que j'y trouvai partout empreint. Elles m'offrirent, en outre, l'avantage de graver plus profondément dans ma mémoire les moindres détails de cette histoire, que je voulais écrire : on verra plus tard par quelle raison. J'avais sous les yeux un jeune homme ardent, passionné, au geste animé, à la figure expressive, et pret à répondre à toutes mes questions ; aussi le désordre de son récit ne fut-il pas sans charme pour moi. Mais, privé de ce secours, le lecteur se serait promptement fatigué de la narration telle que je l'entendis. Voila pourquoi, sans y rien changer, pas même les expressions, et en lui donnant seulement une forme plus régulière, j'en ai disposé les matériaux de la manière suivante.

6.

I

La famille Nobé.

——

Fermier de M. le cardinal Janson, évêque de Beauvais, Jérôme Nobé, mon aïeul, obtint de son patron une bourse au collége de cette ville pour Michel, mon père, l'aîné de ses nombreux enfans. A dix-sept ans, Michel en

sortit pesamment érudit : très-vain de
son savoir, encore plus d'une superbe
écriture, objet d'admiration dans la famille, il était, en outre, fort habile à
tous les calculs de l'arithmétique. Ses
parens le destinaient à l'église, avec
l'espoir de l'élever un jour à la condition de curé de campagne; mais ils
songèrent que, pour le faire prêtre, il
fallait l'entretenir encore long-temps
au séminaire. L'année avait été mauvaise : l'intarissable fécondité de ma
grand-mère augmentait incessamment
la charge paternelle. Ils résolurent donc
d'envoyer Michel à Paris, où ses talens, dont ils étaient émerveillés, ne
pouvaient manquer de lui frayer le
chemin de la fortune.

Ce projet arrêté, à la grande joie de
Michel, on lui fit un trousseau com-
posé d'une petite quantité de chemises
grossières et de bas, ouvrages des mains
de ses sœurs; on mit dans le paquet
l'habillement noir complet des jours
de fête, déjà vieux, et trop court de
toutes parts; on y joignit l'unique paire
de souliers, qu'il ne devait chausser
qu'après être arrivé au terme de son
voyage. Puis, ayant reçu un louis d'or,
quelque monnaie pour la route, et la
bénédiction de ses parens, il partit à
pied, en sabots, un bâton à la main.

Que de fois, monsieur, mon père
m'a répété ces détails! non pas avec le
juste orgueil d'un homme parti de si
bas, pour s'élever si haut par la seule

force de son esprit et de son caractère;
c'était seulement dans l'intention de
justifier sa cruelle avarice envers un fils
unique, auquel, avec la moindre part
de son immense et inutile superflu, il
pouvait ouvrir toutes les carrières ho-
norables, et faire un destin si heureux.

A dix-sept ans donc, jeté, seul et
dénué d'appui, dans le tourbillon de
la capitale, Michel y erra plusieurs
mois, ne mangeant que du pain, se
désaltérant à l'eau des fontaines pu-
bliques; colportant, tout le jour, de
maison en maison, des exemples de sa
belle écriture, auxquels il travaillait la
nuit dans un pauvre galetas. A la fin,
il était au bout de ses faibles ressources :

une femme de chambre, pour laquelle
il avait écrit quelques billets doux,
parla de lui à son amant, commis chez
M. Leprêtre, trésorier de l'*Extraordinaire des guerres* (1). Il se trouva que,
dans les bureaux de ce financier, on
avait besoin d'une très-belle main pour
copier des états demandés par le con-
trôleur-général : on chargea mon père
de ce travail. M. Leprêtre en fut très-
satisfait, et l'employa chez lui, aux appointemens de 400 livres par an.

Michel s'empressa d'instruire la famille d'un si heureux événement. A
cette nouvelle de favorable augure,

---

(1) Tous les corps de l'armée qui ne faisaient
point partie de la maison militaire du roi.

6..

Jérôme Nobé, mon aïeul, envoya aussitôt à Paris son second fils tenter
aussi la fortune sous les auspices de
l'aîné. Plus jeune de deux ans, Antoine
n'avait pas, comme l'autre, l'avantage
d'une première instruction. Michel eut
à le former; mais il fallut plusieurs
années de soins pour le rendre capable
d'un travail lucratif. En attendant, les
400 livres de l'un durent pourvoir à
tous les besoins de nourriture et d'habillement des deux frères. Ils vivaient
de peu, et partageaient le même grabat
au fond d'un grenier.

À la longue, leur sort s'amélior
Michel eut de meilleurs appointemens;
Antoine en gagna de son côté chez un
marchand de draps. Mais le pli des ha-

bitudes parcimonieuses était pris ; il demeura, et rien ne parvint jamais à l'effacer. Cela fut utile à leur avancement. Les chefs, remarquant la vie sage et réglée de ces jeunes gens, leur tinrent compte des privations qu'ils s'imposaient par avarice, et particulièrement de leur long séjour au bureau, où ils étaient éclairés et chauffés pour rien ; car Michel et Antoine calculaient tout. Et puis, ils ne manquaient aucun office à l'église de Saint-Eustache, auxquels M. et madame Leprêtre étaient fort assidus. Charmés de la vertu des deux frères, ils s'intéressèrent vivement à eux.

Michel eut un poste de confiance à la caisse de *l'Extraordinaire des*

guerres. Antoine, chaudement recommandé par madame Leprêtre, opulente financière, obtint un intérêt dans
les affaires du marchand drapier, qui,
peu d'années après, l'y associa, et finit
par lui donner sa fille unique en mariage.

Moins rapide, le chemin que fit mon
père fut sans comparaison plus bril-
lant. Devenu caissier en titre, prodi-
gieusement habile à faire valoir et fruc-
tifier l'argent, multipliant à l'infini
les intérêts des intérêts, entassant deniers sur deniers, resserrant encore
la dépense dans des limites plus étroites, à mesure que la recette allait
augmentant, il se créa bientôt ainsi
un capital médiocre d'abord, mais qui

ne cessa plus de croître. Sur cette double base de richesse et d'économie, il
sut fonder un vaste crédit personnel,
qui secondait puissamment les opéra-
tions de banque de M. Leprêtre, chargé
de faire au loin les fonds des régimens
en garnison sur tous les points du
royaume.

Une guerre survint. Il fallait assurer
la solde des armées en campagne au-
delà des frontières. Les embarras du
Trésor royal étaient grands. D'utile
qu'avait été jusques-là mon père, il
devint indispensable ; les traitans ne
voulurent plus avoir affaire qu'à lui.
Sa fortune, déjà belle, s'enfla comme
par miracle : à quarante ans, il était
millionnaire.

Je naquis alors, fruit d'un mariage, hélas ! trop bien assorti ; car l'âme de ma mère était plus sordide encore, s'il est possible, que celle de mon père. Elle lui avait apporté une riche dot ; elle était jeune et belle comme un ange; mais loin de se prévaloir de ces avantages pour engager son mari à jouir avec elle des plaisirs honnêtes d'une vie douce et aisée, elle mit tous ses soins à renchérir sur lui d'épargne et de lésinerie. Je fus envoyé en nourrice dans un village éloigné, chez de pauvres paysans, où je languis, privé des soins et des caresses de mes parens, jusqu'à l'âge de six ans.

Ma sœur Adélaïde vint m'y remplacer, et je fus rappelé à la maison pater-

nelle, que je trouvai tout aussi misé-
rable et bien plus triste encore que la
chaumière d'où je sortais. A un qua-
trième étage, sur une cour étroite et
sombre, privé d'air et de lumière,
mangeant peu et mal, je regrettais
amèrement la verdure, le soleil et la
douce liberté du hameau; je regrettais
aussi le pain noir, mais abondant du
moins, de ma nourrice, qui souriait
en me le donnant, et me baisait avec
amour. Ma mère me reprochait l'excès
de mon appétit d'enfant; elle me battait quand je me plaignais de la faim.

Un matin pourtant, après m'avoir
servi un bon et ample déjeûner ap-
prêté de ses mains, car il n'y avait pas
même une servante à la maison, elle

m'habilla de neuf assez proprement, et me dit des petits mots caressans, dont je ne fus que médiocrement affecté. Mon père aussi me flatta du geste et de la parole. Je restai craintif et méfiant. Ils m'emmenèrent ensuite, en me tenant chacun par une main, et me conduisirent à une maison voisine, où tout me parut bien beau : c'était l'hôtel de M. Leprêtre.

Introduit dans une chambre toute d'or et de soie, on me montra une vieille dame assise sur un fauteuil, avec un vêtement très-ample, et l'on me dit avec emphase : « C'est madame ; faites serviteur à madame.

— Viens, Alexis, me dit-elle d'une voix douce. » J'accourus ; elle m'em-

brassa, me dit qu'elle était ma marraine, ma seconde mère, et me demanda si j'aurais de l'amitié pour elle.

Les enfans ont un instinct merveil-
leux pour distinguer ceux qui les aiment
véritablement. Je jetai mes petits bras
autour de son cou, et je baisai fami-
lièrement ses joues, comme celles de
ma nourrice, dont je venais de retrouver le sourire et les accens affectueux.

Scandalisés de cette témérité, mes
parens voulurent m'éloigner : « Non,
non, reprit-elle, en me retenant et me
plaçant sur ses genoux; voilà comme
les enfans me plaisent. On instruit mon
petit-fils à me saluer gravement, et on
lui dit tant de me respecter, que je ne
sais s'il m'aime. Plût à Dieu que Léon

eût autant de naturel que celui-ci!

— Ah! madame, s'écria ma mère,
pouvez-vous bien comparer notre garçon à M. le comte!

— Autre folie! repartit madame Leprêtre; M. le comte! un bambin de sept
ans! En vérité, madame Nobé, la comparaison serait tout en faveur d'Alexis.
Il est charmant. Je suis bien sûre,
ajouta-t-elle, en me présentant une as-
siette de gâteaux, qu'il ne me refusera
pas dédaigneusement, comme M. le
comte, qui ne veut que des dragées. »

Elle n'avait pas fini, que déjà je me
ruais sur les friandises, dont je prenais
à pleines mains. Ma mère tenta de s'opposer à ce pillage, en s'étonnant très-
haut de ce que j'eusse faim après le

bon déjeûner que je venais de faire.

Madame Leprêtre me protégea, et m'encouragea au contraire à me rassasier à l'aise.

Mon regard était si reconnaissant qu'elle en fut émue, et m'embrassa de nouveau. Puis elle me conduisit dans son jardin. Je revoyais des fleurs, de l'eau, du feuillage; ma joie fut vive et tapageuse. Je repris à grand bruit possession de ma chère liberté; et, comme tous les opprimés, j'en abusai jusqu'à la licence, arrachant les rameaux, renversant les vases. Mes parens n'étaient plus là pour m'imposer par leurs figures refrognées et leurs paroles grondeuses; et madame Leprêtre riait à gorge déployée, battant des mains, et m'animant à bien faire.

Oh! que je l'aimai dès ce premier moment! avec quel plaisir je courus la caresser encore, la bonne vieille dame, si fraîche, si propre, et sentant si bon! — Tu resteras donc volontiers avec moi? me demanda-t-elle. — Toujours, toujours, répondis-je avec effusion.... Et ce pacte fut aussitôt scellé par vingt baisers donnés et reçus à l'envi. En rentrant au salon, je ne revis plus mon père et ma mère. Cela ne m'inquiéta guère, ou plutôt ma seule inquiétude était de rentrer sous leur domination. Crainte superflue! Ils m'avaient vendu, et venaient de me livrer. Voici comment:

La fille unique de madame Leprêtre,

mariée au marquis d'Aubeterre, avait
un fils à peu près de mon âge, qu'on
appelait M. le comte Léon ; enfant
adoré par sa mère, qui le gâtait outre
mesure, et dont le mauvais naturel,
secondé par la basse flatterie d'une
foule de valets, se montrait rebelle à
toute espèce de frein. Le temps était
venu pourtant de lui donner les premiers élémens de l'instruction. Plusieurs précepteurs, successivement re-
butés, avaient renoncé à lui apprendre
à lire. On imagina donc de donner à
M. le comte un compagnon d'étude
qui lui servît à la fois de jouet et d'objet d'émulation. C'était évidemment
sacrifier une victime à la férocité de ce
méchant enfant.

Mon père, ayant eu connaissance de ce plan, l'approuva hautement, et, sans hésiter, offrit son premier né, son fils unique, en holocauste; trop heureux, disait-il, de pouvoir payer ainsi son tribut de reconnaissance et de dévouement à une famille à laquelle il devait tant! Son véritable motif était de se décharger sur cette opulente maison du soin de pourvoir aux frais de mon éducation, et, selon toute apparence, à ceux aussi de mon établissement futur. Ma mère applaudit avec transport à ce projet qui flattait son avarice, et s'empressa de l'exécuter de la manière que je vous ai rapportée.

II

Premier Amour.

—

Heureusement la bonne et pieuse madame Leprêtre avait exigé que son petit-fils reçût sous ses yeux cette première éducation. Elle me sauva des mauvais traitemens, des coups même

de Léon ; mais elle ne put m'épargner
une foule de chagrins attachés à ma
position dépendante, et que le détes-
table caractère du petit comte me pro-
diguait à plaisir. Du moins elle les
adoucissait avec une sollicitude mater-
nelle, et sa tendresse pour moi s'accrut
de toute la compassion que lui inspirait
mon malheur.

Cependant cette vie d'enfant ne fut
pas non plus sans félicité. Le sentiment
qui devait exercer tant d'empire sur
mon cœur, y jeta dès-lors ses premières racines, et je goûtai les délicieuses émotions de l'amour avant
même d'en savoir le nom.

Nous avions huit ou neuf ans à peu
près, Léon et moi, quand on nous

mena, pour la première fois, au château de Saint-Méry, superbe résidence
du marquis d'Aubeterre. Il y reçut la
nouvelle du retour de son plus intime
ami, M. le baron de Montarmé, qui,
après un assez long séjour à Berlin, où
il s'était marié, revenait habiter un
château voisin. Il annonçait le projet
de présenter le lendemain à la famille
d'Aubeterre sa femme et leur fille Honorine, laquelle, ajoutait-il, brûlait
du désir de connaître son petit mari,
le comte Léon.

D'une naissance également illustre,
opulens l'un et l'autre, les deux amis,
devenus pères d'enfans de sexe diffé-
rent, s'étaient juré de les unir un jour.
A peine conçu, ce rêve charmait à tel

point M. d'Aubeterre, qu'il en parlait fréquemment à Léon, surtout quand il s'agissait d'aiguillonner sa paresse de petit enfant : « Mon fils, lui disait-il d'un ton solennel, rendez-vous digne de la charmante Honorine de Montarmé. Vous êtes gentilhomme français; ayez toujours présent à la pensée qu'une belle et noble demoiselle a les yeux fixés sur vous, et s'intéresse à vos progrès. »

Cette citation, monsieur, me dispense d'ajouter que M. d'Aubeterre est le digne père de son stupide fils. Quoi qu'il en soit, ayant si souvent entendu mêler le nom d'Honorine à d'ennuyeuses remontrances, Léon l'avait prise en aversion. Aussi vit-il avec

beaucoup de mauvaise humeur appro-
cher le moment de l'entrevue dont on
lui faisait tant de fête. Il était donc
plus refrogné, plus maussade et plus
laid que de coutume, quand les deux
battans de la porte du salon s'ouvri-
rent à l'annonce de M. le baron et
de madame la baronne de Montarmé.
Après l'imposante cérémonie des pré-
sentations réciproques de deux dames
de qualité qui ne se connaissaient pas,
M. le baron proclama le nom de mademoiselle Honorine de Montarmé, charmante petite créature de six ans, qu'il
tenait par la main. Léon fit la moue.
Je me trouvais à côté de lui, vêtu de
même, et aussi bel enfant qu'il était
désagréable. C'est à vous d'avancer,

7.

mon fils, dit M. d'Aubeterre; venez
offrir l'hommage de vos respects...

— Oh! papa, qu'il est joli! s'écria
Honorine en me regardant. Ne vous
inquiétez plus, je l'aimerai bien.

Elle accourut à moi les bras ouverts. Le père et la mère, suivant ce
mouvement rapide, m'embrassèrent
à l'envi. Le baron prit ma main,
qu'il unit à celle d'Honorine : «Mon fils,
me dit-il en pleurant de tendresse,
voilà votre femme, elle vous aime déjà; aimez-la aussi, c'est notre vœu le
plus cher. »

Figurez-vous, monsieur, la confu-
sion des d'Aubeterre. Pour moi, je ne
vis rien : je rendais à la jolie petite fille
caresses pour caresses, riant de la co-

lère de Léon. Madame Leprêtre m'em-
mena aussitôt. Elle m'a avoué depuis
qu'elle eut beaucoup de peine à tour-
ner la chose en plaisanterie, tant les
Montarmé étaient hérissés d'orgueil,
surtout la baronne, fière Allemande,
qui se glorifiait d'une origine prin-
cière ! tant les d'Aubeterre s'indignaient de cette malencontreuse mé-
prise ! A la fin pourtant, on prit le
parti d'en rire ; non, toutefois, sans
gronder durement Honorine d'avoir
failli à tenir sa petite grandeur, comme
on le lui avait si bien recommandé.

Par cette faute, lui disait-on, vous
êtes tombée dans une erreur honteuse,
humiliante pour une noble demoiselle,
en trouvant beau le fils d'un simple

bourgeois, tandis que M. le comte Léon mérite seul cet éloge. On lui apprit à dire, à répéter qu'il était joli, charmant; qu'elle l'aimait de tout son cœur, et que *l'autre* lui paraissait vilain et haïssable. Ces distinctions bien établies, tout parut oublié; on n'en parla plus, par égard pour ma marraine.

Cependant douée d'un esprit plein de finesse, la petite Honorine comparait aux prétendus agrémens de Léon, les véritables grâces et la ravissante beauté que l'on vantait déjà si justement en elle: on l'abusait donc. Une autre preuve non moins palpable venait à l'appui de celle-là: elle retrouvait en moi, à un degré fort inégal il est vrai, les

qualités extérieures qui la distinguaient.
Léon offrait un aspect repoussant;
moi, j'étais blanc et rose comme elle:
ma blonde chevelure flottait en bou-
cles arrondies, comme la sienne. Léon
gardait un silence dédaigneux; il bou-
dait. Moi, je riais, je bondissais; mes
yeux pétillaient de gaité; je m'empres-
sais toujours à l'amuser. Aussi, dès
que nos jeux nous éloignaient un peu
de l'oreille de nos sévères surveillans,
elle me disait tout bas: C'est toi qui est
joli, Alexis; c'est toi que j'aime.

Puis, en nous rapprochant de l'au-
guste assemblée, elle reprenait le rôle
de dignité qu'on lui imposait, sous
peine de graves pénitences, et m'ap-

pelait M. Nobé d'un air froid et hau-
tain. Notre affection mutuelle s'accrut
de cette contrainte, et du sentiment
de l'injustice qui nous en faisait une
loi. Durant l'hiver, à Paris, nous nous
vîmes à peine : les enfans ne paraissaient pas au salon, et je n'allais pas
du tout chez madame de Montarmé.

Mais quelle joie, quand la belle saison,
nous ramenant à la campagne, rappela
les jeux du jardin qui nous charmaient
tant, et nous offrirent de nouveau
l'occasion de ces aveux furtifs, doux
épanchemens de nos cœurs sympathi-
ques! Tout délicieux qu'ils étaient, déjà
pourtant ils ne nous suffisaient plus;
et, comme de grands amoureux, nous

concertions des rendez-vous. C'étaient
des rencontres d'un moment, derrière
des touffes de fleurs dans le parterre,
et particulièrement sous l'abri d'un
gros buisson de chèvrefeuille que nous
affectionnions beaucoup par cette raison. Un défi à la course, une boule
lancée et poursuivie, en devenaient le
prétexte. Arrivés à ce lieu favori, nous
nous baisions au visage; nos lèvres pur-
purines se rencontraient, se pres-
saient; nous échangions à la hâte de
douces et caressantes paroles; et puis,
reprenant notre volée, chacun fuyait
de son côté: nous revenions papillon-
ner autour des majestueux paniers des
grandes dames; et l'ampleur de ces vas-
tes machines protégeait, à son tour

7..

aussi, le mystère de nos jeunes amours.

Toutefois ces joies eurent un terme.
On confia l'éducation d'Honorine à des
religieuses cloîtrées. Léon et moi nous
entrâmes au collége, sous la direction
d'un précepteur très-savant; nous eûmes des maîtres habiles dans tous les
genres de sciences; on nous enseigna
les beaux-arts et les élégantes frivolités.
Je dévorais tout; je réussissais à tout,
laissant bien loin derrière moi mon
camarade d'études, qui, pesant et d'une
intelligence bornée, me voyait avec
envie, mais sans émulation, profiter
seul de tant d'excellentes leçons.

Mes succès de collége furent éclatans.
A la classe de rhétorique, je remportai
le grand prix d'honneur de l'Univer-

sité. Admis, à cette occasion, à la table
de M. le recteur, avec plusieurs prélats,
j'eus lieu, dans cette docte assemblée,
de me montrer tellement à mon avantage, que, d'un commun accord, ils
déclarèrent que je devais un jour être
une des lumières de l'Eglise, et qu'il
fallait absolument que je m'adonnasse
à l'étude de la théologie. Ma protec-
trice, fière de mes succès, et fort dévote,
reçut cette décision comme un oracle
de Dieu même.

Pour la satisfaire, je me livrai à
ce surcroît de travaux, concurremment
avec ceux de mes classes de philoso-
phie que suivit comme moi le comte
Léon. Mais, de plus en plus inappli-
qué, et déjà très adonné au jeu et au

libertinage, ces dernières études furent pour lui, tout aussi infructueuses que les précédentes.

———

III

Entrée dans le Monde.

—

Déjà donc était née, dans la famille d'Aubeterre, l'idée de me destiner à l'état ecclésiastique; et mes parens, aveuglément soumis à toutes les impulsions qui venaient de là, l'adoptèrent

aussitôt. Moi, je la repoussais avec opiniâtreté. Cependant Léon avait dix-neuf
ans; je n'en comptais qu'à peine dix-
huit. Nos travaux scolastiques étaient
achevés; il devait faire son entrée dans
le monde l'hiver suivant, et madame
Leprêtre désirait que j'y figurasse avec
lui. Mais pour cela, je n'avais ni nom,
ni naissance, ni état, rien qui pût me
donner un maintien convenable au milieu des gens de qualité que Léon était
appelé à fréquenter. Le titre d'abbé
suppléait à tout, et n'engageait à rien :
il fut donc décidé que je le prendrais
avec le petit collet, le jour où Léon
revêtirait son premier uniforme. En
attendant, nous allâmes passer l'au-
tomne au château de Saint-Méry, où

se trouvait réunie une nombreuse et illustre société.

Là, le comte Léon se trouva fort
empêché dès les premiers pas. Sa gau-
cherie naturelle, la pesanteur de son
esprit, un corps mal fait et sans grâce,
une figure ingrate, commune, dénuée
d'expression : tout lui fut obstacle et
entraves ; tout me favorisait au contraire. Déjà dans les précédentes vacances que nous passions à Saint-Méry,
je m'étais concilié les bonnes grâces
de la noblesse du voisinage, qui se
moquait des airs impertinens de
l'orgueilleux et grossier comte Léon.
Il remarquait la différence de l'accueil
qu'on nous faisait à l'un et à l'autre, et
en était offensé. Mais encore enfant,

ce n'avait été jusqu'alors entre nous qu'un sujet de bouderies et de petites querelles promptement apaisées par l'intervention de ma bien-aimée marraine. M. et madame d'Aubeterre eux-mêmes se rangeaient de mon parti contre leur propre fils, tant ses torts étaient évidens !

Mais il n'en fut plus ainsi quand, jeunes hommes tous deux, nous nous présentâmes dans le monde avec des titres si différens à l'estime et à la considération. Dans l'opinion de M. et de madame d'Aubeterre, les miens, fondés seulement sur un peu de mérite personnel, n'étaient qu'un objet de dérision, comparés à ceux du chef présomptif des noms et armes de la maison d'Aubeterre. Ils s'indignaient avec lui de la ridicule prévention de leur société, qui continuait d'accorder en toute occasion, sans égard pour le rang et la naissance du comte leur héritier, une préférence marquée au fils d'un petit bourgeois.

De ce moment j'eus à souffrir une foule de cuisantes mortifications pour mon amour-propre. Toute la tendresse de madame Leprêtre pouvait à peine m'engager à les tolérer. Et pourtant on me ménageait encore, dans la crainte de l'irriter, car elle tenait en main toute la fortune qui venait de son chef. Veuve, elle en était seule dispensatrice: le château même lui appartenait; et sa tendresse pour moi augmentait à pro-

portion des dégoûts qu'on me donnait.
On me les épargnait donc le plus possible, dans l'appréhension de me faire
ainsi une trop belle part dans le testament de ma bienfaitrice.

Toutefois , le caractère envieux de
Léon m'en suscitait assez encore pour
me faire désirer de retourner à la maison paternelle, et d'aviser aux moyens
de choisir un état ; car je persistais à ne
pas être ecclésiastique. J'en écrivis à
mon père. Il rejeta bien loin cette in-
sinuation, et me menaça, dans les termes les plus durs, de m'abandonner
à ma mauvaise destinée, si j'étais assez
mal avisé, assez ingrat et pervers,
pour manquer aux devoirs de la reconnaissance, au point de quitter ja-

mais madame Leprêtre, et de refuser
d'entrer dans le sacerdoce sans son
consentement. Et quand ce serait
même par son ordre, ajouta - t - il,
que viendrais - tu faire chez moi ? Il
ne manquerait plus que cela ! n'ai - je
pas assez de charges ? Il faut que je
pourvoie à l'établissement de ta sœur,
qui grandit et me coûte beaucoup.
Ma maison est lourde, et les temps
sont si mauvais, que j'ai peine à joindre les deux bouts de l'année. Si donc,
par ta mauvaise conduite, tu te fais
chasser de la maison d'Aubeterre, ne
compte plus que sur toi seul pour te
créer une existence, comme je me
suis créé la mienne, moi fils d'un pauvre fermier, et qui suis venu à Paris

en sabots et le bâton blanc à la main.

Cependant mon père, qui gémissait sur sa pauvreté, venait, après avoir quitté les affaires, d'acquérir à quelques lieues de Saint-Méry une propriété de quinze cent mille francs, d'un immense rapport, le domaine d'Ambleville. Il en avait fait démolir le château, abattre le parc, et labourer les jardins, dont l'entretien eût coûté de l'argent sans produit; et il habitait avec ma mère la ferme qu'ils régissaient eux-mêmes comme de simples paysans.

La terre était noble, et ne payait pas d'impôt; mais le seigneur roturier devait au fisc une forte capitation. Pour échapper à ce lourd tribut, mon

père , homme tout positif , acheta une
charge de secrétaire du roi , dont la
finance de trente mille livres rap-
portait cinq pour cent , plus le mon-
tant annuel de l'impôt dont il s'af-
franchissait , en se lavant de la tache
de vilainie originelle. C'était donc un
bon placement : voilà tout ce qu'il y
vit d'abord. Néanmoins la porte était
ouverte à la vanité ; elle ne tarda pas
à se faire jour, et à régner aussi sur le
faible esprit de mes parens , de moitié
avec l'avarice.

Cela devint le texte favori des mo-
queries de Léon : il ne me nommait
plus que le bourgeois gentilhomme,
et raillait impitoyablement la bassesse
des goûts et la vie ridicule des hauts et

puissans seigneurs de la terre d'Ambleville. Ses nobles parens riaient beaucoup de ces sottes épigrammes; et, ce
qui me désolait bien davantage, dans
tous les châteaux des environs, on ap-
plaudissait aux mauvaises plaisanteries
du comte Léon, sur la scandaleuse
avarice de mon père, et de ma mère
surtout. Leur sordidité devint célèbre;
les traits qu'on en citait passaient
toute croyance. J'allai les voir, et j'osai
leur parler des discours malveillans
dont ils étaient devenus l'objet.

—Cela n'est pas vrai, répondit mon
père irrité. Non, je ne puis croire que
des gens sensés blâment la modestie
d'un pauvre homme qui borne son
ambition à conserver sa petite fortune

acquise à la sueur de son front : nous vivons avec la simplicité convenable à notre humble position. C'est toi qui répands contre nous ces bruits injurieux dont tu accuses le comte Léon. — Si vous le croyez, mon père, repartis-je aussitôt, vous avez un moyen bien simple d'en arrêter le cours. Exilez-moi de cette province; envoyez-moi à Paris, où, jusqu'à ce que je me sois fait un état, je saurai vivre d'une petite pension…… — Tu n'auras pas une obole, interrompit mon père. Je suis arrivé à Paris, moi, avec des sabots et un bâton à la main. Si tu veux suivre la même carrière, commence-la de même.

— Oh ! s'écria ma mère, pour faire

comme toi, mon ami, a-t-il ton caractère de sagesse, de raison, tes talens,
ton économie? Ne vois-tu pas qu'il s'est
mis dans la tête que nous sommes
riches, et que si nous avons amassé,
c'est seulement pour fournir à ses dépenses, et l'entretenir comme un seigneur sur le pavé de Paris, où il brûle
d'aller vivre en fainéant et faire des
dettes. Non, non, M. Nobé, ne souffre
pas qu'il quitte la maison de ses nobles
bienfaiteurs, où il ne reçoit que des
exemples de vertu et d'honneur; et
garde-toi bien d'alimenter par d'im-
prudentes libéralités ses dispositions
au vice et au libertinage.

Il n'était pas besoin, monsieur, je
vous assure, de tant recommander à

mon père d'être sobre de libéralités à mon égard : jamais encore je n'avais reçu de lui une seule pièce de monnaie. Ma marraine, qui seule pourvoyait à tous mes besoins, me donnait aussi de l'argent pour mes menues dépenses. Cela me paraissait tout simple, tant que je fus au collége et petit enfant ; mais devenu jeune homme, et fils d'un père opulent, je rougissais de cette situation. Léon prit soin de me la rendre intolérable, en flétrissant publiquement du nom d'aumône les bienfaits de ma seconde mère.

Ces atteintes continuelles, cette multitude de petits traits venimeux avaient blessé profondément mon cœur et l'ulcéraient. J'allai, fondant en larmes, me

jeter aux genoux de madame Leprêtre,
la supplier de mettre un terme à mes
souffrances, en obtenant de mes parens
la permission d'aller à Paris chercher
un emploi quelconque de mes faibles
talens. S'ils ne veulent point m'aider
du moindre secours, ajoutai-je, qu'ils
m'accordent du moins la liberté; je
ne demande rien autre chose, ni à eux,
ni à personne au monde.

— Quoi! pas même à moi, dit-elle,
en me pressant les mains et me baisant
au front comme dans mon enfance,
pas même à moi, ta mère, ta vraie
mère?

— Hélas! non, lui dis-je, puisqu'on
est parvenu à me faire un tort humi-
liant des dons de votre tendresse ma-

ternelle pour votre enfant d'adoption :
Léon me les a empoisonnés....

— Il est méchant, reprit-elle avec
un gros soupir, et ce n'est pas ma seule
douleur, Alexis; ma fille aussi, mon
gendre... Va, cher ami, chacun a ses
peines. Les miennes exciteraient ta pitié si tu les savais toutes... Et j'entrevois
déjà bien près le terme de ma vie. Ne
me quitte pas, mon Alexis; tu es la
douce, la plus chère consolation, de
mes derniers jours. Reste encore un
peu... du moins je serai sûre que des
pleurs véritables couleront sur mon
cercueil.

Profondément ému des douleurs de
cette excellente femme, je lui sacrifiai
les miennes. Elles n'en furent que plus

8.

cuisantes, car j'avais à souffrir dou-
blement : j'aimais tant madame Leprêtre ! Ses enfans la délaissaient depuis
que, trop imprudente, elle leur avait,
par un acte récent, fait l'abandon de
sa fortune. Je demeurai donc enchaîné
par la reconnaissance ; et ma vie, de
plus en plus tourmentée par mon implacable persécuteur, me pesait comme
un supplice infernal.

IV

Honorine.

—

Mais tout à coup la scène changea ; ce sombre enfer prit à mes yeux l'aspect d'un ciel resplendissant : l'amour opéra ce prodige. Vous vous rappelez, monsieur, cette petite Honorine de

Montarmé, destinée à être la femme
du comte Léon, et qu'on avait mise
au couvent pour son éducation, en
même temps que, lui et moi, nous entrâmes au collége. Durant le cours de
nos études, il allait la voir à la grille
du parloir, rarement et accompagné
de sa mère. Ce ne fut d'abord qu'une
corvée pour lui; mais dans les dernières
années, devenu jeune homme, il parlait d'elle comme d'un prodige de
grâce et de beauté. Cela me faisait
rêver. M. d'Aubeterre était dans le
ravissement de voir son fils amoureux
d'Honorine; et, toujours plein de son
projet chéri, il se montrait de plus
en plus impatient d'en venir à l'exécution.

A l'époque où j'en suis de mon histoire, elle avait seize ans accomplis,
Léon, près de vingt. Il allait entrer
dans le monde, et ne devait l'épouser
que l'année suivante; mais les deux
familles résolurent brusquement de
célébrer le mariage sans plus de retard. Honorine sortit du couvent et
vint habiter le château de Montarmé.
Quoiqu'il y eût alors fort long-temps
que je ne l'eusse vue, les moindres
souvenirs de nos amours enfantins
étaient restés gravés dans ma mémoire;
et je n'avais jamais entendu prononcer
son nom sans une profonde émotion.
En me rappelant sa petite mine fraîche,
éveillée, piquante, je ne m'étonnais pas
qu'elle fût en effet devenue bien jolie

et mon imagination, exaltée par les récits qu'on en faisait, la parait de mille charmes : mais combien j'étais resté loin de la réalité, bon Dieu !

Je n'entreprendrai pas, monsieur, de vous tracer la délicieuse peinture de cette angélique beauté ; toute comparaison en affaiblirait l'idée. Non, jamais rien d'aussi séduisant ne se saisit plus vivement du cœur. Mais que devins-je, juste ciel ! quand, perdu dans la foule réunie pour la recevoir, je vis ses yeux rencontrer les miens, et sa figure sérieuse, triste même jusqu'alors, s'animer tout à coup, sourire, rayonner ! Ce regard n'avait fait que passer et fuir ; il revint, s'éloigna, puis me chercha de nouveau, pour m'échapper encore ;

tout cela en moins d'une minute. Et le
reste du jour elle ne parut pas s'aper-
cevoir de ma présence. Gracieuse envers tout le monde, répondant d'un
air reconnaissant aux empressemens
dont elle était l'objet, aimable surtout
avec Léon, mademoiselle de Montarmé
ne me tenait aucun compte de mes
soins; pour moi seul elle était froide
et presque impolie.

Cette scène se passa au château de
Montarmé. Languissante et déjà consu-
mée du mal dont elle allait se mourant,
madame Leprêtre avait voulu se joindre à ses enfans, et assister à la petite
fête préparée pour le retour d'Honorine. Je soutenais, comme toujours,
ses pas chancelans; elle m'appelait

8..

son bâton de vieillesse. La tendre affection de la bonne dame pour moi augmentait à proportion des progrès de
ma disgrâce dans la famille. Elle s'a-
perçut du chagrin que me faisait la
dureté d'Honorine à mon égard, et la
lui reprocha doucement. «Et vous aussi,
ma chère belle, lui dit-elle tout bas,
vous épousez d'injustes préventions
qui m'affligent! vous méconnaissez un
ami d'enfance!

Honorine l'accabla de caresses; mais
elle affecta de n'avoir pas entendu ses
paroles, et n'y fit aucune réponse. Le
cœur blessé, interprétant à mépris ce
silence, humilié de m'être sitôt flatté
de présomptueuses espérances sur la
foi d'un regard, je résolus d'éviter dé-

sormais toute occasion de la revoir. Je
ne retournai plus à Montarmé. Elle
vint dîner à la maison ; je m'absentai
ce jour-là, sous prétexte d'une invita-
tion ou d'une partie de chasse à quelque château éloigné. J'étais pâle, amai-
gri ; mes traits peignaient la souffran-
ce. Une fois, le hasard m'offrit ainsi
aux regards d'Honorine : je ne levai
pas les yeux sur elle ; je m'éloignai en
silence.

La maladie de madame Leprêtre de-
venait de plus en plus inquiétante. Je
ne quittais presque pas sa chambre.
Un soir pourtant, la température a-
doucie engagea la malade ranimée à
tenter une courte promenade à travers
le parterre. Je lui donnais le bras. Elle

aspirait avidement l'air frais et embaumé des parfums les plus suaves. Nous vîmes alors les familles réunies, des d'Aubeterre et des Montarmé, sortir d'un bosquet éloigné, et s'acheminer de notre côté. Honorine, les devançant, vint, d'une course légère, saluer madame Leprêtre, qui s'arrêta, charmée du compliment gracieux que lui fit la jolie fille sur son retour à la santé. Je baissais les yeux d'un air confus et affligé. Nous nous trouvions précisément auprès de cette touffe de chèvrefeuille dont je vous ai parlé, qui tant de fois avait servi de voile à nos rendez-vous, et protégé le secret de nos douces et vives caresses. —Ah, madame ! s'écriat-elle, que j'ai de joie à revoir ce buisson ! qu'il me rappelle de souvenirs charmans, ineffaçables ! Et l'on peut croire que je les aie oubliés !

Je tressaillis et la regardai. Son front s'était couvert de rougeur. — Qui donc croit cela ? demanda madame Leprêtre étonnée.

— Je ne sais, répondit Honorine avec embarras ; mais hier encore je trouvais ce parterre tout changé, et M. Léon soutenait qu'il était toujours le même. Cependant, de ce qui m'y charmait tant autrefois, je ne reconnais que ce beau chèvrefeuille ; par quel hasard a-t-il été seul respecté ?

— Alexis l'a défendu envers et contre tous, répondit ma marraine.

— C'est la fleur que je préfère aussi, dit-elle d'une voix émue.

Et sa main tremblante, se portant aussitôt sur l'arbuste, en rompit plusieurs rameaux qu'elle respirait avec délices. La petite folle n'a pris que des feuilles, observa madame Leprêtre en riant; où a-t-elle donc la tête? Cela ne sent rien du tout.

J'avais bien vu aussi cette distraction et son trouble; mais je n'en riais pas, moi; le cœur me battait à rompre ma poitrine.

— Attendez, continua madame Leprêtre, en quittant mon bras, et tirant de son sac de satin broché une petite paire de ciseaux d'or ; attendez, ma

chère belle, et ne me gâtez pas le chè--
vrefeuille d'Alexis : je vais vous en faire
moi-même les honneurs.

Elle composa en effet un joli bou--
quet de ces fleurs, qu'elle lui offrit.
La société, qui s'avançait très-lentement,
était encore à quelque distance, et la
voyait faire. Je restais immobile der--
rière madame Leprêtre, et, en appa--
rence, fort désintéressé dans cette af--
faire. Il parut donc tout naturel, même
à Léon, qu'Honorine, prenant les
fleurs de la main de sa future grand'--
mère, les baisât tendrement avant de
s'en parer, en les plaçant sur son cœur.
Ses yeux continuaient à éviter les
miens ; elle ne m'avait pas adressé une
parole. Je l'avais bien comprise pour--

tant. Un soupir s'exhala de mon sein ;
elle l'entendit, reprit le bouquet, et le
pressa de nouveau sur ses lèvres.
— Petite flatteuse ! dit madame Leprêtre, en caressant ses joues animées des
plus vives couleurs ; qui ne croirait
que c'est là de l'affection bien tendre,
bien vraie ? Et cependant elle me dé-
laisse comme les autres.

— Ah, madame ! repartit Honorine,
si je pouvais être seule, toute seule,
avec vous un instant !

La société approchait. Laisse-nous,
mon Alexis, me dit-elle ; je vois bien
qu'il est encore question de toi là-
dedans ; mais ils auront beau faire, tu
ne m'en seras que plus cher.

— Et à moi aussi, ajouta bien bas, bien bas, Honorine.

Elle offrit son bras à madame Leprêtre, qui l'accepta, et elles allèrent ainsi au-devant du reste de la société, qui les rejoignit aussitôt. Moi, je restai auprès du chèvrefeuille, et après en avoir cueilli quelques fleurs à mon tour, je gagnai les charmilles, à l'abri desquelles je contemplais Honorine avec amour. Et quel amour, monsieur ! où trouverais-je des paroles pour vous faire bien comprendre tout ce que j'éprouvais ?

Durant quelques minutes, la société entière régla sa marche sur celle de madame Leprêtre, et la conversation me

parut générale; mais peu à peu, cessant
de se conformer au pas lent et appesanti
de la bonne maman, on la laissa loin
en arrière avec Honorine, dont le bras
lui servait d'appui; et je remarquai
qu'elles causaient ensemble d'un air
fort animé. Cela dura peu. La nuit venait : on reconduisit madame Leprêtre
à son appartement, où je ne tardai
pas à l'aller retrouver.

— Cher enfant, me dit-elle d'un
air abattu, voilà bien des embarras
pour la famille ! Honorine m'a fait
ses petites confidences. Elle n'aime pas
Léon, et me paraît très-décidée à se
refuser au mariage projeté.

— Quoi, madame! m'écriai-je, en
aime-t-elle un autre ?

— Quelle apparence ! répondit ma marraine ; elle n'a pas quitté un seul jour son couvent depuis l'enfance, et jamais elle n'y a vu d'autre jeune homme que Léon. Non, cela ne peut pas même entrer dans l'esprit. Mais elle le trouve méchant, faux, exigeant, jaloux ; que sais-je encore ! Elle lui reproche surtout de mauvais sentimens à mon égard, à cause de l'amitié que je te porte. Enfin, il lui est antipathique à tel point, qu'elle aimerait mieux, m'a-t-elle assurée, rester fille toute sa vie, que d'être sa femme. Je crains qu'elle ne se prépare bien des chagrins.

Ravi, mais m'efforçant de maîtriser ma joie, je lui demandai si elle ne pou-

vait pas intervenir dans cette affaire
avec tout le poids de son autorité de
mère.

— Non, mon enfant, me dit-elle
en soupirant, cela n'est pas possible.
Honorine m'a raconté que ces jours
derniers quelqu'un s'est avisé, devant les deux familles et une nombreuse assemblée, de louer tes talens,
ton esprit, ton bon caractère, ta reconnaissance envers moi, les soins pieux
dont tu entoures ma vieillesse. Léon
n'a vu dans ces éloges qu'une satire
indirecte de ses défauts; il a éclaté en
discours pleins d'amertume contre toi,
contre moi qui te protége. Dès le temps
où il la voyait au couvent, le moindre
témoignage de l'intérêt qu'elle te por-

tait excitait sa jalousie , qu'il exprimait avec fureur; et il lui avait interdit
en termes fort durs de jamais prononcer ton nom. Ces sottes et indé-
centes querelles sont revenues ici, quoiqu'elle ait soigneusement veillé sur ses
actions et ses paroles , pour n'y pas
donner lieu ; c'est même afin d'en
éviter jusqu'au plus léger prétexte ,
qu'elle s'est abstenue de venir me
voir ; car tu es toujours avec moi , et
l'on sait combien je t'aime ! D'après
cela, juge de l'effet de mon intervention dans l'affaire du mariage qu'elle
se montre si déterminée à refuser ! On
m'attribuerait tout le mal, il retombe-
rait sur toi.

— Ah ! sur moi seul , et tant qu'ils

voudront ! lui dis-je, pourvu qu'à ce prix Mademoisse de Montarmé soit affranchie du malheur d'épouser un homme qu'elle n'aime pas.

— Non, non , repartit madame Leprêtre , je ne veux pas que mes enfans se croient en droit de me reprocher d'avoir contribué à faire manquer une alliance qu'ils désirent si ardemment. Honorine s'exagère les torts de Léon ; et je ne désespérerais pas de la ramener à la raison , si, comme elle m'en a priée , je pouvais la guider par mes avis. Mais l'entreprendre est périlleux ; sa petite tête est trop montée ; et dans la disposition générale où sont les esprits ici et à Montarmé ; si le succès ne répondait pas à mes

efforts, on en accuserait ma prévention défavorable contre Léon ; mes
derniers jours seraient abreuvés d'a-
mertume. Honorine a fort bien entendu
tout cela ; elle est convenue que, pour
elle autant que pour moi , il valait
mieux ne point du tout me mêler dans
cette triste affaire.

V

La Correspondance mystérieuse.

—

Je passai la nuit entière à songer aux
événemens de la journée. Ce doux reproche d'Honorine d'avoir pu croire à
l'oubli de notre tendresse ; son émotion à la vue de cet arbrisseau qui lui

en rappelait les plus charmans souvenirs ; ces fleurs baisées, ce soupir de
mon cœur, auquel le sien avait si vite
répondu ; enfin ces derniers mots :
Et moi aussi ! qui m'avaient si profondément ému ; et puis encore cette
résolution énergique de ne point épouser Léon ! Elle m'aimait ; elle avait
compris ma tristesse. J'étais aimé d'Honorine ! Comme tout venait de changer
autour de moi ! La veille encore, je
m'étais jeté aux genoux de madame Leprêtre pour obtenir qu'elle m'exilât de
Saint-Méry. Maintenant je me sentais
mourir à la seule pensée de m'éloigner,
de ne plus voir Honorine.

J'étais encore en proie à ces vives et
vagues agitations, quand, le lendemain

matin, on remît devant moi un billet à madame Leprêtre. Elle regarda la signature et parut fort troublée. — Qui vous a remis cela ? demanda-t-elle à femme de chambre. — Une paysanne, madame. — De ce village ? — Je ne crois pas madame, elle est inconnue des gens. — A-t-elle dit de quelle part ? — Non, madame, elle s'est en allée sans attendre la réponse.

La femme de chambre sortit. Il n'aurait plus manqué que cela, reprit madame Leprêtre, en parcourant la lettre avec inquiétude. Si l'on avait su qu'elle m'écrit, ç'aurait été, dans la minute, la nouvelle de toute la maison.

— C'est de mademoiselle de Montarmé ? demandai-je.

9.

— D'elle-même, répondit madame Leprêtre. Nous voïci dans la crise, reprit-elle, après avoir lu. C'est demain qu'on doit signer le contrat. Elle est déterminée à s'y refuser, en déclarant hautement son insurmontable aversion pour Léon... Et elle me conjure de l'aider de mes conseils! La tête n'y est plus. Que puis-je faire à cela? Elle se perd; je prévois de grands malheurs.

— Eh! madame, lui dis-je, l'abandonnerez-vous dans une pareille situation? Ne pouvez-vous pas conjurer cette tempête, en éclairant son inexpérience; lui indiquer quelque moyen d'éloigner du moins le danger, de gagner du temps, sans faire un éclat qui pourrait être si funeste?

— Je le voudrais de tout mon cœur,
répliqua-t-elle ; mais quel moyen ? Celui qu'Honorine me propose n'a pas
le sens commun. Demander qu'on lui
accorde le temps de connaître mieux
son futur ; un an au moins ! La pauvre
petite n'a pas la moindre idée des
usages. On ne produit pas ainsi dans
le grand monde une riche héritière,
d'un nom comme le sien, toute une
année, avant de la marier ; on la ren-
verrait aussitôt à son couvent, d'où
elle ne sortirait encore que pour signer au contrat et aller à l'église,
comme cette fois. Honorine ne gagne-
rait à ce manége qu'une prolongation
d'ennuis dans la solitude du cloître,
qui, de son aveu, lui répugne hor-

riblement aussi. Cependant la folle
déclaration dont elle parle n'aurait
d'autre résultat que de la faire religieuse.
Je connais le caractère opiniâtre de
monsieur son père : il a juré vingt fois
en ma présence qu'il en serait ainsi,
dans le cas où elle ne consentirait pas
à épouser Léon. C'est bien cruel ! mais
peut-être, si elle se bornait à demander quelques semaines, en s'adressant à
ma fille, qui probablement viendrait
me consulter à ce sujet.... Oui, je
pourrais dire alors, sans être suspecte,
ce qui me paraîtrait le plus convenable
aux intérêts de la petite....

— Eh bien ! madame, interrompis-
je; voilà une lueur d'espérance; indi-

quez cette marche à mademoiselle Honorine. Écrivez-lui....

— Écrire ! reprit madame Leprêtre,
engager avec un enfant d'un caractère
aussi résolu une correspondance secrète!..

— Pourquoi secrète, madame?

— Il faut qu'elle le soit, répondit-
elle. Honorine m'en prie elle-même
avec instance. La mère lit tout ce qui
est adressé à sa fille, même par ses
amies du couvent; et cela est convenable. Quant à moi, je tiens par-dessus
tout à ce qu'aucun de mes gens ne
soupçonne ce commerce. Elle m'indi-
que un endroit où je pourrais faire déposer ma lettre.... Mais il faudrait encore se confier à quelqu'un....

— Je la porterai, madame, dis-je avec empressement. Écrivez, je vous en conjure; éclairez de vos lumières et de votre raison cette pauvre jeune demoiselle.

Je continuai quelques momens encore à presser madame Leprêtre. Le principal obstacle était levé par l'offre d'aller moi-même placer la lettre au lieu désigné: elle consentit enfin à l'écrire. Mais auparavant, et pour y réfléchir avec plus de fruit, elle voulut revoir celle d'Honorine. La bonne dame était encore si émue, que sa vue troublée répondait mal à son empressement. Elle me donna le billet, en me disant de le lui lire. J'y vis, monsieur, ce qui avait échappé à madame Leprê-

tre trop préoccupée, d'une autre idée;
oui, j'y vis à chaque ligne les tendres
mouvemens d'un cœur tout à moi : souvenirs et regrets d'un passé trop cher,
vives allusions aux plaisirs de son heureuse enfance: il n'était rien qui ne fût
pour moi l'expression de cet amour.

Et puis elle déplorait son illustre
origine, l'opulence, les dignités de sa
noble famille. « Que me font ces gran-
» deurs? demandait-elle; je les dé-
» teste, puisque c'est à elles que l'on
» me sacrifie; sans elles on ne vou-
» drait pas m'enchaîner à un mari que
» je n'aime point, que je ne pourrai
» jamais aimer. Oh! combien j'envie
» le sort d'une pauvre villageoise! elle
» peut choisir librement le compagnon

9.

» de sa vie, céder au penchant qui
» l'entraîne. Et moi... ah ! j'aurais été
» trop heureuse!... Il faudra donc
» mourir...Du moins, madame, que je
» ne sois pas la femme de M. Léon ; ce
» serait mourir deux fois. »

Une foule d'autres traits me révé-
lèrent encore plus clairement le fond
de la pensée d'Honorine. C'est moi
qu'elle préfère, me disais-je, en tres-
saillant de joie ; c'est le bonheur d'être
à moi qu'elle prise au-dessus de toutes
les gloires de la terre ; pour être libre
de me choisir sans contrainte, et me
nommer son époux, mademoiselle de
Montarmé les échangerait volontiers
contre l'humble condition d'une simple paysanne. Mais puisque nos âmes

sont d'intelligence, et qu'un même
désir nous anime, pourquoi donc ne
serions-nous pas l'un à l'autre? Je puis
aspirer à la main d'Honorine; mon
père est beaucoup plus riche encore
que M. d'Aubeterre; il est seigneur d'un
noble domaine dont je suis l'héritier :
il a un nom aussi, M. d'Ambleville!

Oui, monsieur, je rêvais ces folies
et mille autres encore, non moins
extravagantes, le plus sérieusement du
monde, tandis que madame Leprêtre
écrivait sa lettre. J'aimais avec toute la
fougue de mes dix-huit ans; je me
savais aimé; mon imagination dévorait
l'immense intervalle qui me séparait
de mademoiselle de Montarmé, et ren-
versait les obstacles; je ne les voyais

même pas. Je résolus donc de profiter du mystère de la correspondance dont j'allais être l'agent, pour adresser aussi secrètement une lettre à Honorine. Je l'écrivis à l'instant même, sous l'inspiration de cette idée de mariage qui me paraissait une chose toute naturelle; difficile, peut-être, lui disais-je, à cause des dispositions arrêtées entre deux puissantes familles. Je prévoyais aussi quelques embarras du côté de mon père; mais notre volonté persévérante, aidée de la protection de ma marraine qui devait être pour nous, ne manquerait pas de l'emporter à la fin.

Que de plaisirs alors! Quelles images délicieuses j'en offris aux regards de l'innocente jeune fille! Je parlais à son

cœur, à ses sens, un langage empreint
des feux d'une passion délirante et si
vraie! Elle était pure aussi, cette passion, car, encore une fois, à mes yeux
prévenus, c'est de mariage qu'il s'agissait. Ce fut donc sans la moindre
pensée de séduction que j'écrivis cette
lettre brûlante qui devait exercer tant
d'influence sur la destinée d'Honorine
et décider de la mienne. J'étais réelle-
ment un honnête jeune homme, monsieur, plein de candeur, je vous assure.
Souffrez que je ne taise pas le peu de
bien que je puis dire de moi; je ne
m'épargnerai pas le blâme quand le
moment sera venu de vous avouer
mes torts, hélas! trop nombreux et
trop graves.

Il y avait à l'une des extrémités
du parc un pavillon d'où la vue s'é-
tendait au loin sur la campagne ; c'é-
tait le but ordinaire des promenades
du soir dans cette saison; et madame
Leprêtre s'y plaçait toujours sur une
chaise longue, disposée là exprès pour
elle. C'est sous le coussin de ce meuble
qu'Honorine imagina de la prier de
placer sa réponse. Pour l'en retirer ,
elle se proposait de rentrer dans le
pavillon après le départ de la société,
et sous prétexte de reprendre son éventail oublié. Cela n'eut pas été praticable
au salon , où toujours quelques personnes restaient à jouer avant comme
après le dîner. Voilà qui est merveil-
leusement combiné , me dit madame

Leprêtre, en me communiquant ces détails; il n'y manque rien qu'une seule chose : c'est que j'aie la force d'aller jusque-là , ce qui m'est tout-à-fait impossible.

Honorine, en effet, l'avait cru en voyant ma marraine, un peu mieux portante, reparaître au jardin ; elle n'avait pas calculé la distance, et cette erreur faillit faire manquer son projet mal conçu. Mais, grâce à mon expédient, tout alla le mieux du monde. Je glissai donc une lettre dans celle de madame Leprêtre , et je les mis ensemble au lieu désigné. Au moment où la compagnie sortit du pavillon , j'observai ce qui se passait , caché non loin de là par un épais feuillage. Honorine pa-

raissait fort agitée ; elle marchait derrière mesdames d'Aubeterre et Montarmé ; Léon était auprès d'elle ; son
père la suivait. Je ne la vis faire aucune tentative pour retourner en arrière : elle tenait son éventail à la main.
Je crus notre affaire manquée.

Quand ils furent assez éloignés, je
courus au pavillon pour reprendre les
lettres, elles n'y étaient plus. Joyeux,
je courus bien vite rendre compte
à madame Leprêtre du succès de notre
ruse. Ce mot la choqua : oui, notre ruse,
répéta-t-elle avec amertume ; c'est à
une ruse que je me suis prêtée ; une
femme de mon âge, de mon caractère !
c'est une faute de conduite, Alexis ;
bien que mon intention ait été bonne,

je me reproche de m'être interposée entre une fille et sa mère; c'est toujours mal faire; et je ne serai pas tranquille jusqu'à ce qu'il ne reste aucune trace de cette imprudence. J'ai prié Honorine de remettre, à la première occasion, la lettre où elle l'a prise; charge-toi, mon enfant, du soin d'aller l'y chercher, et de me la rapporter.

Vous jugez, monsieur, de ma joie en recevant cet ordre; car j'espérais bien qu'Honorine profiterait de l'occasion pour me répondre, et je voyais déjà notre correspondance établie tout naturellement.

VI

La Querelle et le Racommodement.

———

Madame Leprêtre et moi, nous passâmes la journée suivante dans une grande anxiété, impatiens d'apprendre des nouvelles du château de Montarmé, où l'on s'était réuni depuis le

matin pour la signature du contrat, à la
suite duquel on devait faire la cérémonie
des fiançailles. Qu'allait-il arriver du re-
fus d'Honorine ! Je frémissais à l'idée
d'une réclusion éternelle dans un couvent; c'était aussi la crainte de ma marraine ; ce malheur lui semblait inévitable, elle en gémissait; moi, tout me semblait préférable au malheur bien plus
grand encore de la voir mariée à Léon.

Il était déjà nuit quand madame
d'Aubeterre, de retour, entra dans la
chambre de sa mère, où j'étais : Madame, lui dit-elle d'un air désolé, ce
qu'il nous arrive n'a pas de nom. Honorine ne veut point entendre parler
de mariage. Nous avions bien remarqué
de faibles hésitations ; mais nous pen-

sions tous que la seule appréhension du couvent suffirait pour en faire raison. Jugéz, madame, de notre surprise ! elle s'est jetée aux pieds de sa mère, en la suppliant de l'y renvoyer, et de permettre qu'elle soit religieuse. Elle le veut, elle le demande avec instance. C'est un coup de foudre; nous sommes désespérés.

— Si c'est une vocation bien décidée, observa madame Leprêtre, il y aurait impiété à s'y opposer.

— Oh madame ! ne dites pas cela, je vous prie, repartit la marquise; ne le croyez pas, il n'en est rien.

— Il faudrait donc alors, ma fille, attribuer sa résolution à une insurmontable répugnance pour Léon ?

— Encore moins, madame, répliqua-t-elle, en rougissant de dépit;
et je n'aurais jamais pensé que vous
puissiez admettre une pareille supposition. Mon fils est parfait. Pour trouver un motif plausible à ce prétendu
éloignement, il faudrait admettre
qu'elle lui préférât quelqu'un. Or,
mademoiselle de Montarmé n'a vu encore aucun autre jeune gentilhomme;
et l'idée ne viendra sans doute à personne qu'elle abaisse jamais ses regards
à rien qui soit au-dessous d'elle. Non,
madame, non; mademoiselle de Montarmé est d'un caractère indolent et
froid; l'état du mariage a peu d'attraits
pour elle; c'est un effet naturel de l'é-
ducation du couvent. Quant à ce désir

bizarre d'y rentrer, ce ne peut-être qu'un caprice d'enfant; mais il nous désole, car il est à craindre que son oncle, l'évêque de Senlis, ne le prenne au sérieux. Grâce au crédit sans bornes dont le prélat jouit maintenant à la cour, M. de Montarmé est enfin sur le point d'obtenir l'ambassade qu'il poursuit depuis si long-temps; et voilà pourquoi le mariage de nos enfans a été si promptement décidé. Monsieur de Senlis est donc à présent l'oracle de la famille, et sa volonté en est la suprême loi: si, par malheur, il secondait la folie d'Honorine, tout serait perdu.

— Il me paraît difficile, observa madame Leprêtre, de faire comprendre à un vénérable évêque que tout soit perdu parce que sa nièce veut être religieuse.

— Que dites-vous là ! madame, s'écria la marquise avec l'accent de l'horreur. Une fille unique ! seule héritière de la fortune des Montarmé, et bien plus encore, des biens immenses que a baronne possède en Prusse, avec un fief au titre de prince, dans la Courlande, et qu'Honorine doit apporter en dot à son mari ! Religieuse ! y pensez-vous, madame ! Mais cela fait frémir ! M. de Senlis, tout pieux et saint qu'il soit, pourrait-il voir de sang-froid tant de grandeurs et de richesses arrachées à sa maison, et passer à une famille étrangère ? Il faut bien espérer que non, madame ; et c'est sur vous

que nous comptons aujourd'hui pour
ranger ce digne prélat à notre opinion.
Vous êtes sa plus ancienne et sa meil-
leure amie; on sait combien il vous
honore, à quel point il défère à vos sa-
ges avis. Je l'attends ici sous peu de
jours : il a consenti à donner lui-même
la bénédiction nuptiale à nos enfans.
Je viens donc, au nom des deux familles réunies, vous supplier d'em-
ployer toute votre influence sur lui, et
de vous charger de le faire entrer dans
nos vues. Il n'est pas douteux que son
autorité n'impose assez à Honorine
pour la décider à renoncer à son cruel
projet. Si elle y persiste, monsieur et
madame de Montarmé en mourront de
désespoir. Je ne vous parle pas de notre

désolation, vous la comprenez assez; elle serait affreuse. Toutes nos espérances ruinées, l'avenir de Léon anéanti ! Ah ! ma mère, prenez pitié de nous, je vous en conjure à genoux !

— Je ferai ce que vous désirez, répondit madame Leprêtre, et j'ose même vous répondre du succès, mais à une condition sans laquelle je ne m'engage à rien. Le meilleur moyen de retenir mademoiselle de Montarmé dans le monde, c'est de faire qu'elle s'y plaise ; et pour qu'elle s'accoutume à l'idée du mariage, il faut que Léon s'applique à la lui rendre aimable. Désabusé maintenant, comme vous tous, de la fausse opinion que la crainte du couvent pouvait agir sur l'esprit de la jeune fille, il s'efforcera d'obtenir, et il obtiendra, je n'en doute pas, ce qu'il s'est cru jusqu'ici trop en droit d'exiger. Ma condition est donc que pendant une année au moins il ne soit question ni de contrat ni de fiançailles; et je réponds qu'elle et M. de Senlis ne parleront pas de couvent.

La nécessité contraignit les d'Aube-terre et les Montarmé à souscrire à ce traité, que ratifia ensuite l'évêque de Senlis, et il fut exécuté loyalement des deux parts. Voilà donc Honorine en pleine possession de sa liberté, et moi le plus heureux des hommes, charmé surtout de voir que personne n'avait le moindre soupçon de mes rapports secrets avec elle et de nos sentimens

10.

réciproques. Il me restait à connaître
la cause de son étrange résolution, dont
l'issue, qui avait tourné à notre avantage, aurait pu cependant nous être
si funeste. Je ne pouvais concevoir
comment elle s'était hasardée à tenter
cette dangereuse épreuve. Je l'appris
par un billet que je trouvai le jour
suivant, avec la lettre de ma marraine,
dans le pavillon du parc. Voici ce que
m'écrivait Honorine :

« Monsieur, tout s'unit contre moi,
» et conspire à me rendre la plus mal-
» heureuse personne du monde. Il ne
» me manquait plus que de vous trou-
» ver aussi trompeur que les autres.
» Madame Leprêtre, en me parlant de
» l'isolement dont ses derniers jours

» sont menacés, me dit dans la lettre
» que je lui renvoie: *J'ai bien encore*
» *les tendres soins d'Alexis, mon en-*
» *fant d'adoption; mais je vais en*
» *être privée: il est sur le point d'entrer*
» *dans les ordres*, etc., etc. Et vous
» me parlez de mariage! Et ce bonheur
» que vous me représentez si doux, si
» charmant, dont la seule pensée m'a-
» vait comme enivrée, ce n'est qu'un
» mensonge! Il n'est donc plus rien
» pour moi sur la terre. Je vous hais
» autant, plus encore que M. Léon.
» Quoi qu'on puisse dire et faire, on
» ne m'empêchera pas de retourner à
» mon couvent, et d'y être religieuse.
» Et j'en mourrai bientôt, j'espère. »

A peine eus-je lu ce billet, qu'impatient de la détromper, je courus au salon, où l'assemblée était nombreuse. J'espérais, à la faveur du mouvement général, en pouvoir trouver l'occasion sans trahir notre secrète intelligence. Je réussis à souhait. A côté de sa mère qui jouait, Honorine, toute à sa triste pensée, les regards attachés sur la terre, paraissait insensible à ce qui se passait autour d'elle. M. de Montarmé, assis près de sa fille, causait avec M. d'Aubeterre; Léon et une jeune dame nouvellement mariée leur adressaient tour à tour des questions évidemment concertées. Ces messieurs répondaient par de pompeuses descriptions de la splendeur de Versailles, des fêtes de la cour, des plaisirs de la ville; et puis c'étaient l'Opéra, les bals, les concerts, les magnificences de Paris, toutes les féeries du grand monde. Ils y mêlaient des récits fort gais, des anecdotes piquantes, des mots plaisans. La jeune dame et Léon riaient aux éclats, et se récriaient sur les délices de cette vie enchantée dont ils allaient enfin prendre possession, à leur tour, au commencement de l'hiver.

Mais en vain s'efforçaient-ils d'attirer l'attention d'Honorine et de l'émouvoir; elle demeurait immobile et muette comme une statue. Debout derrière son fauteuil, un vieux abbé, ami de madame Leprêtre, écoutait cette conversation sans y prendre part. Je m'approchai de lui: Mon cher Alexis, me dit-il à demi-voix, bouchez-vous les oreilles, si vous voulez échapper à la séduction de ces syrènes.

Honorine avait tressailli en entendant mon nom. Je suis tout séduit, répondis-je : c'est sans mon aveu qu'on m'a destiné à l'état ecclésiastique ; je ne l'embrasserai jamais.

—Comment ! reprit le vieillard, étonné, voici une résolution bien subite !

— Il est vrai, repartis-je ; elle m'est venue du ciel il y a trois jours. Je pourrais, à l'exemple de saint Augustin, vous dire le lieu précis où la voix céleste s'est fait entendre à moi. Ce ne fut pas, comme à lui, sous un figuier, mais auprès d'une touffe de chèvre-feuille.

— C'est là un étrange badinage, mon cher Alexis.

— Non, monsieur, répliquai-je vivement, je vous parle de la chose la plus sérieuse et la plus vraie. Un instant auparavant, le désespoir déchirait mon sein, le monde ne m'inspirait que dégoût, je n'y voyais pour moi que solitude et malheur, je voulais le quitter; je n'y regrettais rien, mon cœur était mort. Il a suffi de quelques mots pour lui rendre la vie; il bat maintenant, j'existe. Non, monsieur, je n'entrerai pas dans les ordres, et je vous prie de l'apprendre à madame Leprêtre. Non, nulle puissance sur la terre ne pourra jamais m'y contraindre; le ciel lui-même en ordonne autrement.

Quoique mon accent eût été vif et chaleureux, j'avais mesuré ma voix de manière à n'avoir pas attiré l'attention du cercle de M. d'Aubeterre, non plus que de madame de Montarmé, fort occupée de sa partie. Mais Honorine n'avait pas dû perdre une seule de mes paroles. Pour m'en assurer, je quittai brusquement l'abbé, et j'allai me placer en face d'elle à quelque distance. Son œil ranimé me lança un regard rapide, où je lus la joie de son âme. C'était assez; je me retirai ivre de bonheur.

Dès-lors, je ne manquai plus, chaque fois qu'Honorine venait à Saint-Méry, d'aller porter une lettre au pavillon où j'en trouvais toujours une d'elle. Nous imaginâmes encore d'autres moyens de correspondance aussi sûrs et non moins secrets. Du reste, je ne paraissais qu'à peine au salon et point du tout à table, car je dînais habituellement avec madame Leprêtre, qui ne quittait presque plus sa chambre. Je n'avais donc que de rares occasions de rencontrer Honorine, et alors nous mettions notre étude à paraître indifférens l'un à l'autre. Voilà, monsieur, comment notre passion, la plus ardente dont jamais deux jeunes cœurs furent dé-

vorés, naquit et put croître, inaperçue
de tous, sous tant de regards inté-
ressés à en pénétrer le mystère.

Vous dire nos projets, nos plans,
qu'il fallait tous les jours modifier ou
refaire, ce serait vous conter les songes
de chaque nuit qu'un rayon de soleil
efface, ou bien les rêveries d'une fièvre
délirante. Les obstacles se multipliaient
sous nos pas à mesure que nous avan-
cions dans cette vie du monde dont
nous commencions la triste expé-
rience ; loin de nous rebuter, ils ani-
maient notre courage. Le mariage était
le but où nous tendions ; il ne s'agissait que de persévérer : nous comptions
sur le temps. Le temps, hélas ! bien
peu de temps, nous apprit combien

l'orgueil du rang et de la naissance élevait entre nous d'insurmontables barrières; sans compter la rivalité de Léon et l'inflexible opiniâtreté des d'Aubeterre et des Montarmé, opposés à notre persévérance.

FIN DU PREMIER VOLUME.

TABLE

DU PREMIER VOLUME.

———

———

En vente.

LE MUTILÉ, par X. B. SAINTINE. 3ᵉ édit. 1 vol. in-8.
orné d'une vignette. Prix :   7 fr. 50 c.

LE BARON DE L'EMPIRE, par MERVILLE.
2ᵉ édit. 5 vol. in-12. Prix :   15 fr.

LE PROCUREUR IMPERIAL, par MERVILLE,
2ᵉ édit. 2 vol. in-8°. Prix :   15 fr;

EPITRE AUX DOCTRINAIRES, par FEUIL-
LIDE ; brochure in-8°. Prix :   1 fr. 50 c.

Sous presse.

LE CORRIDOR DU PUITS DE L'ERMITE,
contes de Sainte-Pélagie. 1 vol. in-8°.

LE BACHELIER DE PARIS, par Michel RAY-
MOND. 2 vol. in-8°.

LE DILETTANTE, scènes et caractères du monde
musical, par LHÉRITIER (de l'Ain). 1 vol. in-8°.

L'ABBAYE DU VAL, chronique du onzième siècle;
par M. REY-DUSSUEIL. 1 vol. in-8°.

DANTON, par FONTAN. 2 vol. in-8° ornés de vi-
gnettes.

PARIS. — Imp. de FÉLIX LOCQUIN, rue N.-D.-des-Victoires, n° 16.

www.ingramcontent.com/pod-product-compliance
Lightning Source LLC
Chambersburg PA
CBHW061439030726
47503CB00005B/1487